Dans tes rêves profonds

Elodie Belfanti-G

Dans tes rêves profonds

Elodie Belfanti-G

Dans tes rêves profonds
Mentions légales

Ce livre est une fiction, toutes références à des évènements historiques, des personnages, des comportements ou des lieux réels seraient utilisées de façon fictive. Les personnages, lieux, événements et noms sont le fruit de l'imagination de l'auteur. Toutes ressemblances avec des personnages vivants ou ayant vécus, serait fortuite.

Les erreurs qui peuvent subvenir, sont le fait de l'auteur.

Cette œuvre comporte des scènes érotiques dépeintes dans un langage adulte. Elle vise un public averti et ne convient donc pas aux mineurs. L'auteure décline toute responsabilité dans le cas où cette histoire serait lue par un public trop jeune.

Le piratage prive l'auteur et les personnes ayant travaillé sur ce livre de leur droit. Tous droits de reproduction, d'adaptation et de traduction, intégrale ou partielle réservés pour tous pays. L'auteur est seul propriétaire des droits et responsable du contenu de ce livre.

Dans tes rêves profonds
Crédits

Dans tes rêves profonds
A mon mari, et mon fils
Parce que je vous aime aussi fort que le ciel est grand.

A mes lecteurs, à qui j'ai l'envie de faire plaisir.

Elodie Belfanti-G

Nouvelle – Dans tes rêves profonds

Je me concentre sur la tâche que j'ai à faire et tente de ne penser à rien d'autre. Blottie dans mon petit atelier, seule dans mon cocon, je réalise une commande pour une cliente importante. J'ai pris soin, de verrouiller toutes les portes de mon petit appartement et surtout, celle donnant sur l'atelier, histoire d'être tranquille pour quelques heures. Mais c'est sans compter sur Nathalie, qui toque tout doucement à chaque pièce qu'elle franchit.

— Je savais que te donner la clé de cette fichue porte n'était pas une bonne idée.

— Tu sais bien que tu n'as pas le choix. Tu es sous surveillance, me dit-elle en tirant la langue.

— Hum, n'empêche.

— Je te dérange à ce point ? Minaude-t-elle.

— Pas tant que tu restes silencieuse.

— Promis juré, crache-t-elle.

Je termine mon travail rapidement. La peinture me convient, il ne reste plus qu'à contacter ma cliente pour avoir son avis. Je lui envoie une photo de l'œuvre et range mon foutoir avant de rejoindre mon amie au salon. Ses prunelles marron m'accueillent avec cette petite étincelle que je connais bien.

Elodie Belfanti-G

Dans tes rêves profonds

– Tu as l'air bien joyeuse toi.

– J'ai fait une rencontre aujourd'hui.

– Ah oui ? Raconte-moi tout.

Je m'enfonce un peu plus dans le canapé, attrape un plaid pour me couvrir les jambes et écoute Nathalie avec attention. Son récit est palpitant, fort et émouvant. Un peu trop pour moi. Je me sens de nouveau partir et remercie le ciel d'être installée aussi confortablement.

Foutue maladie à la con... Un peu trop d'émotions et pfiou, disparue. Je sombrais dans le néant, encore. Au bout d'une dizaine de minutes, je me retrouve dans un sommeil paradoxal et retourne au pays des rêves. Être narcoleptique est un enfer. Encore plus dans mon cas. Je me retrouve bien souvent effondrée n'importe où, à chaque sensation trop forte. Quelque chose me frôle le bras et je sursaute plus violemment que nécessaire. Je me retourne, et ne trouve personne. J'avance au milieu d'un paysage enchanté en attendant le réveil dans mon canapé. Mais celui-ci se fait attendre.

–Cela faisait bien longtemps que je n'avais pas eu ta visite Cassiopée, me dit une voix dans mon dos.

–Qui êtes-vous ? Je hurle presque, sous l'effet de la peur.

Je me tourne et découvre un bel homme assis sur un tronc qui m'observe attentivement. Il soupire,
Elodie Belfanti-G

Dans tes rêves profonds

baisse les yeux et disparaît sans me donner de réponse.

Je me réveille allongée dans mon canapé. Le plaid sur le corps, sans doute remis par mon amie pour que je n'aie pas froid. Heureusement que Nathalie supporte mes crises avec bonne humeur. Je ne sais pas ce que je ferais sans elle.

Lorsque Nathalie me rejoint enfin au petit matin, je lui raconte mon dernier voyage loin d'ici. C'est ainsi en tout cas, que j'appelle mes rêves faits après une crise. D'ordinaire, mes phases de sommeil paradoxal ne me semblent pas aussi réelles. Je n'arrive pas à comprendre ce dernier.

–Ne te prends pas la tête, c'est qu'un rêve... Et ce n'est pas le dernier que tu vas faire, crois moi.

–Je le sais bien. Mais il m'a semblé tellement différent.

–Si tu veux mon avis, tu te prends la tête pour pas grand-chose, Miss. Nathalie hausse les épaules avant de rejoindre la salle de bain. Je me connecte à ma messagerie électronique et y trouve un e-mail de ma cliente.

« Cassiopée,

C'est de toute beauté !! J'en suis folle. Quand puis-je récupérer l'œuvre ? J'ai hâte, répondez moi vite.

Elodie Belfanti-G 8

Me Rodriguez. »

Je lui envoie une réponse, lui demandant de venir dans la matinée si elle est disponible. Dans le cas contraire, qu'elle me donne ses disponibilités. Un coup de fil plus tard et elle m'annonce être là dans la demi-heure. Je la reçois en compagnie de Nathalie, toujours présente, au cas où une crise s'amuserait à « embellir » l'entretien. Fort heureusement, le rendez-vous se passe à merveille et la cliente repart avec sa commande sous le bras.

Avoir un travail stable quand on est malade comme moi, est une chance que je mesure à se juste valeur. C'est pourquoi je m'autorise peu de commandes, mais je m'applique pour chacune d'entres elles. Nathalie s'approche de moi, un sourire aux lèvres.

–Bravo !! C'était une superbe toile. On va pouvoir la mettre sur ton site. Je suis sûre qu'elle va t'apporter de belles commandes celle-ci. Une de tes meilleures.

–Merci Nath'. Moi aussi, je l'aime beaucoup. Je suis fière de moi. Et en plus, dans les temps. C'est top.

–C'est bon pour ta réputation, me dit-elle en clignant d'un œil.

Je ris et m'autorise à boire un verre de vin. Pour moi, la victoire se fête à la maison en présence de ma meilleure amie et d'un verre de vin

Elodie Belfanti-G

rouge. J'évite toujours de sortir pour ne pas finir au sol au milieu d'un bar bondé. La soirée est agréable et nous rions beaucoup, jusqu'au moment où une crise me reprend.

❦

Je me retrouve rapidement dans un jardin fleuri aux senteurs épicées. J'ai la sensation d'être totalement détendue. D'être complète et à ma place. Bien plus que d'ordinaire. Je sens la présence de quelqu'un non loin de moi. Je me tourne pour accrocher le regard du mystérieux homme rencontré plus tôt. Son regard d'un bleu gris happe littéralement le mien. Je n'arrive plus à m'en détacher.

–Tiens, deux visites en moins de 24 heures. Ca en devient presque gênant, dit-il avec dédain.

–Ce n'est pas moi qui gère, dis-je en baissant enfin les yeux.

Mon rythme cardiaque s'accélère considérablement et une bouffée de chaleur m'envahit lorsqu'il s'approche au point de frôler ma peau, qui s'électrise à ce contact. Un micro sourire apparaît sur son visage pâle. Il passe une main dans ses cheveux bruns en bataille et me demande :

–Alors, tu ne te souviens toujours pas ?

–De qui vous êtes ?

Il soupire, son regard se voile de tristesse. Cela

Dans tes rêves profonds

me serre le cœur, je voudrais tellement me rappeler qui il est.

—Cassiopée, si tu ne t'en souviens pas, ce n'est pas grave. J'attendrais.

—Je suis tellement désolée.

—C'est de ma faute. Je suis parti trop longtemps...

Je fronce instinctivement les sourcils. Mais qui est-il ? Cette question me torture.

—Retourne chez toi. Retrouve ton corps, je ne veux pas que tu restes ici.

—Je ne contrôle pas mes allées et venues. Je tombe dans le sommeil sans le vouloir.

—Tu le contrôlais avant pourtant. Tu as laissé ton corps prendre le dessus. Je suis désolé. Retourne d'où tu viens.

Il me fixe droit dans les yeux, puis d'un geste de la main me fait partir. Je me réveille encore plus désorientée que d'habitude. Je suis totalement dans le coltard. En plus de cela, j'ai envie de pleurer. Je me sens honteuse, je n'ai pourtant rien fait de mal. Mais le pire, c'est ce sentiment de rejet. Je finis par rejoindre mon lit et laisse les larmes envahir mes joues puis inonder mon oreiller.

❦

Elodie Belfanti-G

Dans tes rêves profonds

Je retourne la conversation dans ma tête encore et encore. Nathalie se moque gentiment de moi.

–Tu te rends compte qu'il ne s'agit que d'un rêve ? Un fantasme peut-être ?

–C'est bien plus que cela. Cette rencontre est réelle Nath'.

–Je voudrais vraiment te croire Cass. Mais... ce n'est qu'un rêve ma belle. Rien de plus. Tout cela se passe dans ta tête et nulle par ailleurs. Reprends-toi ma chérie.

Je soupire. Elle ne peut pas comprendre. Je suis persuadée que cet homme existe. Je ne peux pas inventer quelque chose d'aussi fou tout de même. N'ayant plus de commandes pour le moment, je décide de faire quelques recherches sur le net. Serait-il possible de décider où l'on veut aller lors d'un sommeil paradoxal ? La frustration augmente au rythme de mes recherches.
Je m'agace de plus en plus, et je me sens partir, un sourire aux lèvres. Comment ne pas y avoir pensé avant ? Les fleurs se matérialisent, l'odeur florale et épicée s'invite de nouveau et je savoure le plaisir d'être une fois de plus dans ce paysage coloré.

–Es-tu là ?

–Te voilà déjà ?

–Oui...

Elodie Belfanti-G

Je me sens aussi honteuse qu'émue. Je ne me gêne pas pour le détailler. Pour la première fois, je le regarde vraiment. Il est assez grand, le tee-shirt qu'il porte lui colle à la peau et laisse peu de place à l'imagination. Sa musculature est mise en évidence avec ce vêtement. Il porte un jean délavé pour parfaire le tout. Ses yeux d'un bleu gris, me détaillent avec attention. Je me sens rougir, non plus de honte, mais de plaisir. Peut-être que Nathalie à raison, ce ne peut être qu'un fantasme vue ce que j'ai sous les yeux.

–Tu n'es pas discrète, tu le sais.

–Oh, pardon. Je… je suis désolée.

–Je ne t'en veux pas, dit-il en ricanant.

–Je suis revenue te voir. Je… j'avais envie d'être avec toi.

–Alors tu as contrôlé ton voyage jusqu'ici.

–Si on veut.

–Et qui suis-je ?

–Ca, je ne le sais toujours pas.

–Je vois…

–Mais je sais que je peux te faire confiance. J'ai l'intime conviction de te connaître. Je n'arrive simplement pas à te remettre pour le moment.

–Tu me connais pourtant depuis toujours Cassiopée. Je sais que je suis parti trop longtemps. Je suis revenu pour toi. Je ne t'ai jamais oubliée ma douce étoile.

Ce surnom fait vibrer un souvenir au fond de moi. Ma douce étoile... Oui, je le connais. Ce surnom, répété de nombreuses fois comme une promesse. Je ferme les yeux, réfléchis encore avant de m'asseoir sur l'herbe fraîche. Un secret à cacher. Une promesse de ne pas s'oublier. Oui, mais voilà, j'ai oublié...

–Ta mémoire te fait défaut pour le moment, mais je suis sûr que tu te souviendras.

Il s'apprête à s'en aller, mais s'approche finalement de moi. Il me prend dans ses bras et me serre contre lui. Il embrasse mon front en respirant fort. Son parfum active un nouveau fragment de souvenir sans parvenir à le retrouver totalement.

–J'ai tout mon temps maintenant petite étoile. Fille, réveilles toi.

Je secoue Nathalie avec force, la forçant à ouvrir les yeux. Cela m'attire ses foudres.

–Putain Cass ! Qu'est-ce que tu fous ?

Dans tes rêves profonds

–Il faut que je te raconte un truc de dingue !!

–Tu as plutôt intérêt à ce que se soit intéressant, parce que j'étais dans les bras de Daniel Craig et tu viens de m'en retirer sauvagement.

Je pouffe de rire devant son air outré.

–Désolée. Tu te prenais pour James Bond girl ? Lui dis-je malicieuse.

–Raconte-moi ton histoire et vite sinon tu dégages.

–Ok.

Je lui donne tous les détails. Ce parfum qui hante mon esprit, ce surnom de petite étoile et notre conversation.

–Tu ne lâcheras pas l'affaire n'est ce pas ?

–Non.

–Pfff. Tu te rends compte que ton histoire est totalement folle ? Je veux dire et je le répète, c'est un rêve.

–Mais merde Nath, c'est plus qu'un rêve. Je me retrouve toujours là-bas. Et il est là, il m'attend.

–Tu es sûre qu'il ne faudrait pas reprendre un rendez-vous avec le docteur March ?

–Tu me prends pour une cinglée ?

–Non. Seulement, peut-être que quelque chose évolue, je ne sais pas.

–Bon, laisse tomber. Désolée de t'avoir réveillée. Rendors-toi ou retourne auprès de ton Daniel.

Elle me tire la langue avant de rabattre sa couette sur elle. Je retourne dans mon lit, prête à passer une nuit blanche. Je soupire, ne trouvant pas le sommeil. Je rejoins mon atelier et commence une nouvelle toile.

La nuit file à une vitesse folle, tandis que les traits de mon inconnu prennent forme sur ma toile blanche. Ses yeux se parent de leurs couleurs si particulières, je rougis devant le portrait d'une incroyable réalité. Encore quelques heures de travail et mon inconnu sera complet.

Je n'entends pas mon amie entrer dans mon cocon coloré.

–Cet apollon est une nouvelle commande ? demande-t-elle avec un œil pétillant de malice.

–Non, cette toile est pour moi, dis-je dans un murmure.

–Wouah, c'est le mec de ton rêve ?

Dans tes rêves profonds

–Hum. J'ose à peine répondre.

–Ouais, je confirme Cass, c'est carrément un fantasme alors. Tu as déjà vu un mec aussi beau en vrai, franchement ?

Je souris contre ma volonté. C'est sûr qu'il est atrocement beau. Je me mords la lèvre inférieure sans même m'en rendre compte. Je suis complètement sous le charme de cet homme, qui ne vit que dans mes rêves profonds.

❧

Je patiente dans le cabinet du docteur March en compagnie de mon amie. Celui-ci ne tarde pas à revenir avec son équipement de torture.

–Cassiopée. On repasse aux tests ? Vous êtes prête?

–Bien sûr...

–Vous avez l'habitude maintenant. Cela ne vous stresse plus, si ?

–Non, non. C'est juste ennuyant. Et sans doute une perte de temps si vous voulez mon avis.

–Ah, c'est à moi d'en juger. Allez, venez.

Je m'installe dans le fauteuil, pendant que le spécialiste installe l'équipement servant à mesurer mon sommeil. Une fois son installation terminée, je m'apprête à faire un voyage onirique. L'émotion intense devient moins indispensable que d'ordinaire. Je me laisse partir et respire de nouveau mieux lorsque le jardin devient réel.

Un souffle dans mon cou me fait sourire. Je me retourne pour contempler l'homme de mes rêves. Je lui souris franchement et arrive à lui tirer un petit rictus. Je le trouve charmant.

–Que fais-tu ici ?

–Un test.

–Pourquoi reviens-tu ? Tu devrais profiter de la vie. Tu faisais le voyage quand tu étais plus jeune, mais maintenant, tu devrais en profiter. Ton corps te ramènera vers moi bien assez vite, tu sais.

–Oui, je le sais. Mais j'en ai envie.

–Hum. Peut-être que je devrais partir dans ce cas.

–Mais non pourquoi ?

–Pour t'obliger à vivre une vie normale. Tu ne devrais pas être ici. Encore moins si tes souvenirs ne sont toujours pas revenus. Tu viens pour me voir moi ? Je suis encore un inconnu pour le moment.

–Mais je sais que je te connais. Ta voix, ton parfum, le surnom que tu me donnes. Je les connais. Ils font écho en moi. Je sais que tu n'es pas

Dans tes rêves profonds

mauvais pour moi. S'il te plaît, ne t'en va pas. Je me sens entière quand tu es là.

–Réveille-toi ma douce étoile.

Sans le vouloir, j'ouvre les yeux. Je lâche un soupir de frustration. Nathalie s'approche de moi avec un sourire rassurant.

–Coucou Cass. Tu vas bien ?

–Mouais.

–Je vais chercher le docteur. Ne bouge pas.

❦

–Bon Cassiopée, j'ai les résultats. Ils sont encore plus étranges que les autres tests...

–Allez-y, j'ai l'habitude.

–Les gens sans cette maladie mettent 90 minutes en moyenne à atteindre un sommeil paradoxal. Les personnes narcoleptique environ 5 à 8 minutes. Et vous, Cassiopée, il arrive immédiatement. Je suis incapable de l'expliquer. Mais ce qui me dérange le plus dans cette histoire, c'est que, je...je me trompe peut-être, mais j'ai la sensation que vous plongez dedans. Ce sont jusqu'ici les émotions fortes qui vous plongent dans le sommeil. Mais aujourd'hui vous sautez dedans, je me trompe ?

–Non, en effet. Je suis capable de m'endormir à volonté.

–Vous vous rendez compte que ce n'est pas un sommeil normal ? N'est-ce-pas ?

–Je le sais oui.

–Ce n'est pas bon pour votre santé. Vous devriez arrêter de faire cela.

❦

De retour chez moi, je valide mes mails, prends une nouvelle commande pour un tableau de famille. Je m'installe dans mon atelier et commence mon travail. Après des heures en tête-à-tête avec ma toile, je décide de me reposer un peu. Puis plonge volontairement dans un assoupissement bienvenu. Le petit espace vert prend forme, doucement, mais personne n'apparaît. Je suis déçue au plus haut point.

–Il y a quelqu'un ?

Seul le silence me répond. Je répète ma demande jusqu'à m'époumoner. Je m'écroule au sol, en pleurs. Je me rends compte qu'il est parti. Je me sens vide, et son absence me pèse profondément. Comment peut-il m'avoir abandonnée ? Ne suis-je pas censée contrôler ce qui se passe ici ?

Je me réveille et laisse ma tristesse prendre le dessus, jusqu'à me rendre compte que cela ne sert à rien. Je m'enferme dans mon atelier et termine mon tableau. J'accepte une commande supplémentaire et plonge dans le travail. Je ne trouve que cette activité pour oublier l'abandon que je subis. Après deux jours sans dormir, à lutter contre mon corps, je me laisse aller à rejoindre les bras... La joie m'envahit. Elle est d'une telle puissance qu'elle me ramène immédiatement dans le jardin que je connais maintenant bien.

–Morphée ? Où es-tu ?! Morphée ! Reviens s'il te plaît. Je me souviens maintenant, ne me laisse pas. Je me souviens...

–Salut ma douce étoile. Tu en as mis du temps.

–Ca y est, je me souviens. Je ne te quitterai plus.

Il sourit, me prend dans ses bras et m'embrasse. Morphée, tu m'avais manqué...

Dans tes rêves profonds
Tu as apprécié cette courte nouvelle ?

Retrouve les autres romances de Elodie Belfanti-G !

➡ ICI (ebgroman.com)

Du même auteure :

« Belisama. » Tome 1 Almeda. 2019

Résumé :

**Et si vous deviez sauver les mondes...
Aurez-vous le courage d'en découvrir davantage ?**
Almeda ne se doute pas un seul instant que sa vie va bientôt basculer. Courageuse, curieuse et déterminée, elle n'hésitera pas à mettre sa vie en danger pour le bien de l'humanité et elle aura besoin d'une persévérance à toute épreuve. Sa rencontre avec Léo pourrait tout remettre en question.

Mais est-il réellement celui qu'il prétend être ?

Son plus grand ennemi pourrait bien se retrouver être son meilleur allié, mais saura-t-elle faire le bon choix ?

Découvrez les aventures d'Almeda

et sa quête entre devoir, amour et passion.

Ils l'ont lu :

Ce roman est totalement addictif, une fois plongé dedans, on arrive plus à en sortir

et c'est tant mieux car on suit l'histoire avec un très grand plaisir!

Au final, le roman est bourrée de rebondissements et d'actions,de magie qui le rendent irrésistible.

Je vais dévorer le second tome.

La lectrice compulsive

Elodie Belfanti-G

Dans tes rêves profonds

Dans tes rêves profonds
« Belisama. » Tome 2 Déchaînement. 2019

<u>*Résumé :*</u>

Il faut parfois toucher le fond pour se découvrir réelement et débrider totalement ses pouvoirs.

Après la perte de sa famille, Almeda perd pied.
Elle n'a plus rien à perdre, et pourtant elle craint pour le peu qui lui reste.
Bien des batailles l'attendent encore.
Et contre toute attente, sa meilleure amie Mélanie se révélera maligne et espiègle afin de lui apporter son aide.
Y a-t-il encore une place pour l'amour et l'amitié quand tant de vies sont en danger ?

<u>Ils l'ont lu :</u>
La suite du roman est un pur bijou à l'image du tome 1.
La suite ne déçoit pas, l'auteur s'est tout simplement surpassée.
Toujours entre passion et action l'auteure nous plonge dans cet univers plein de magie qui lui est cher.
Elodie est une auteure talentueuse et poétique au-delà de la magie de son récit, il y a la magie de ses mots.Son univers unique et fascinant, envoûtant.
<u>La lectrice compulsive.</u>

On plonge ici dans un univers assez riche et imagé, j'aime beaucoup l'imagination de l'auteure.
Franchement je me suis crue un instant dans un jeu vidéo avec ses mondes, ses quêtes à mener, les créatures à maîtriser, c'était génial!
<u>Dès pages et moi</u> !

Elodie Belfanti-G

Dans tes rêves profonds

Dans tes rêves profonds

L'enfant de Kepler : Septembre 2019

Résumé :

Elle se pense humaine, Il l'a croit Keplérienne... Il se trompent tous les deux.

Katherine prépare l'anniversaire de son meilleur ami Martin, mais cet événement n'a pas lieu.

Un terrible attentat s'abat sur sa petite ville.

Les pertes sont énormes.

Elle fait rapidement la rencontre du très beau Nash, un képlérien, qui ne la laisse pas de marbre.

Alors sa vie bascule, et son avenir la mène jusque sur la planète Kepler.

Découvrez la nouvelle romance fantastique d'Elodie Belfanti-G

Ils l'ont lu :

Un concentré d'action mêlée à une romance à rebondissements ! J'ai passé un très bon moment avec cette lecture !

Les personnages sont attachants et j'ai particulièrement apprécie l'évolution de Kate tout au long du récit !

J'ai eu un petit coup de cœur pour Martin, l'ami fidèle qui réserve de belles surprises ! Et que dire de Nash et son magnétisme ?!

Je vous recommande cette lecture si vous souhaitez sortir des sentiers de la romance contemporaine ! Ouvrez les écoutilles, attachez votre ceinture !

En route pour Kepler et ses nombreuses surprises !!!

Létie Sérial Lectrice

Elodie Belfanti-G

Dans tes rêves profonds

Dans tes rêves profonds

« Belisama. » Tome 0 Origines. 2020.

Résumé :

**Et si vous pouviez aider votre descendance ....
Aurez-vous le courage d'en découvrir davantage ?**

Ma vie n'est pas simple, mais je mets tout en oeuvre pour que mon héritière puisse atteindre notre objectif de toujours, sauvez les mondes du mal. Et si je tombe dans la noirceur,

ce n'est pas que l'aider dans cette tâche. Revivez avec moi.

Tout ce que je fais, c'est pour elle.

Un préquel des aventures d'Almeda.

Ils l'ont lu :

C'est risqué, mais c'est original et j'ai apprécié l'expérience. J'ai aimé découvrir la plume d'Elodie avec ce roman. C'est tout en finesse, et poétique aussi. Les émotions sont présentes et tout est réuni pour nous donner envie de la lire de nouveau, et pour ma part, découvrir Almeda."

Léa Trys

Entre amour et horreur, vous ne resterez pas insensible devant ce roman, qui vous laissera quelques larmes sur les joues, mais avec la certitude que vous venez de lire une merveille.

C'est aussi un de mes coups de cœur comme tout les tomes de cette saga qu'est Belisama. La plume de l'auteure devient de plus en plus percutante, pour notre plus grand bonheur. *Florina L'Irlandaise*

Elodie Belfanti-G

Dans tes rêves profonds

Dans tes rêves profonds

Suivez moi

Page Facebook :

https://www.facebook.com/ebgroman

Instagram : https://www.instagram.com/ebgroman

Site web : https://www.ebgroman.com

À très bientôt.

Premiers chapitres offerts

Belisama- Origines

Elodie Belfanti-G

Dans tes rêves profonds
Prologue

Je m'appelle Sophie, je suis une jeune femme de vingt et un ans et je suis morte. Mais ne vous inquiétez pas, je vais tout revivre avec vous, comme si rien ne s'était encore passé. Je vous le jure, vous n'y verrez que du feu.

J'avais douze ans lorsque la guerre a pris fin. Aujourd'hui, en 1927, le monde sourit de nouveau et il est particulièrement heureux. Une euphorie collective influence notre Nouveau Monde. Pour ma part, je fais partie de ces jeunes gens qui s'adonnent aux nouvelles modes apportées par cette nouvelle vague. En effet, je suis heureuse de pouvoir m'apprêter de belles robes et non celles rigides et peu pratiques que nous portions avant cette guerre atroce. Le style restrictif laisse place aujourd'hui à une mode plus confortable, mais surtout plus agréable à regarder. Pour ce qui est de contempler, les hommes ne sont pas en reste avec des vêtements plus informels qu'avant. C'est peut-être ce qui m'a attiré des ennuis une certaine journée de 1925 alors que j'avais dix-neuf ans. C'est là que nous allons remonter le temps et tout revivre ensemble, dans un présent très lointain.

Nul doute que vous me détesterez pour tout ce que j'ai fait, pour toutes les choses que j'ai accomplies, les vies que j'ai brisées à tout jamais. Mais une chose est sûre, je l'ai fait par amour.

Tout ce que je réalise, je le fais pour mon héritière. Peu importe les sacrifices, les vies prises, les douleurs infligées. Je me suis perdue en chemin, c'est certain, mais voyez ce qu'elle est devenue…

Dans tes rêves profonds

Dans tes rêves profonds
1 La belle époque

Accoudée à une petite table en terrasse, vêtue d'une de mes nouvelles robes à la mode, je bois un café tout en fumant une cigarette. J'observe avec attention et minutie les hommes qui traversent la route tout en étant à l'affût du moindre bruit qui court sur une éventuelle soirée organisée. J'ai pour habitude de m'y rendre sans invitation particulière et y passe souvent un très bon moment sans trop me faire remarquer. La fin de la semaine approchant, il doit forcément y avoir une réception en vue.

Je ne sais pas si c'est mon regard trop insistant ou l'alcool qui a trop coulé dans les veines de l'homme qui se trouve sur le trottoir en face du café où je me trouve, mais celui-ci se dirige d'un pas pressé dans ma direction. Sans me demander la permission, il se vautre sur la chaise libre à mes côtés.

Le rustre !

Ma bonne humeur descend à grande vitesse lorsque les relents d'alcool émanant de lui imprègnent mes sinus et qu'il se permet de poser une main sur ma jambe nue. Choquée, je me lève et m'apprête à m'en aller lorsqu'il me retient au dernier moment, écrasant mon bras un peu trop fort au creux de sa main moite. Dégoûtée, je fais volteface pour me retrouver devant lui, mais il m'entraîne à l'écart tandis que je lui ordonne de me lâcher en me débattant de toutes mes forces.

De nouveau face à moi, je ne me gêne pas pour détailler les traits de son visage. Sans être vraiment moche, l'homme en question n'est pas franchement l'un des plus beaux partis et est visiblement d'un âge plus mûr que moi. Peut-être même un peu trop vieux, selon mes critères.

— Monsieur, veuillez me lâcher s'il vous plaît, et me laisser partir.

— Oh ! Nous ne sommes pas pressés, belle femme.

— Vous sentez fort l'alcool, vous devriez rentrer chez vous.

— Je bois pour ma femme décédée, me confesse-t-il.

— J'en suis désolée, mais veuillez me laisser le passage.

— J'ai de l'argent, tu sais. Tu as l'air d'aimer les jolies choses, je pourrais facilement partager avec toi.

Je lève les yeux au ciel, cet homme est un idiot fini.

— Vous avez trop bu, dis-je en soupirant d'impatience.

— Pas du tout, me contredit-il.

— Je ne cherche pas d'époux. Allez plutôt voir une agence matrimoniale, il y en a plein la ville qui regorge de belles femmes.

— Hum.

J'arrive à lui échapper en le bousculant avec force et me retrouve dans une rue un peu plus animée, mais l'homme revient rapidement à la charge en m'attrapant par le cou. Un passant s'arrête, observe la scène, mais mon assaillant le fait déguerpir d'un geste de la main. L'homme reprend son chemin, sans me venir en aide. Prise de panique, je le gifle en me débattant et, surpris, il me pousse le long d'un arbre. Je m'y accroche en hurlant de peur. Des frissons s'emparent de tout mon corps et mon regard s'affole tandis que j'ai l'impression que le temps se dégrade autour de nous, bien trop vite pour que ce soit naturel. Le vent se met à souffler, une pluie fine s'abat sur nous, un grondement lointain se fait entendre.

Elodie Belfanti-G

Dans tes rêves profonds

Les passants présents désertent la rue en courant pour se réfugier à l'abri. Quant à l'homme, il ne bouge pas, les pieds bien plantés sur le sol, me faisant face avec un demi-sourire carnassier aux lèvres. L'angoisse monte un peu plus en moi, jusqu'à me faire paniquer totalement. De la sueur perle sur mon front et dans mon dos, ma respiration rocailleuse se fait de plus en plus entendre, forte et rapide. Mes vêtements commencent à être humides, l'eau coule déjà sur mes jambes nues. Mon affolement augmente encore d'un cran lorsque l'inconnu s'avance d'un pas vers moi.

C'est à ce moment qu'un éclair puissant jaillit et vient s'abattre   près de nous. Je sursaute de surprise, m'écrasant un peu plus au géant vert. L'homme, pas plus déconcerté que cela, avance vers moi, faisant redoubler mon stress, et alors un nouvel éclair vient s'écraser sur le sol à quelques mètres de mes pieds. Je lâche un cri de terreur, ce qui fait hurler de rire mon agresseur. Mon égo en prend un coup, mais l'homme se fait soudain frapper par la foudre et quelque chose en moi change. Je le sens au plus profond de mon corps et de mon âme. D'abord, une sensation de soulagement à voir ce grossier personnage se faire neutraliser de la sorte, puis une agréable chaleur m'envahit, quelque chose qui n'est pas naturel, mais ô combien agréable. Un je-ne-sais-quoi se réveille, il se déclenche en moi, comme s'il avait été mis en veille pendant trop longtemps. Ce dont je suis sûre, c'est que cette chose est puissante.

Mon corps ne tremble plus, le ciel se pare d'un ciel zébré d'orage. Une légère brise fait voler ma chevelure et je me sens presque euphorique bien que la panique sévisse toujours en moi. Mon regard tombe sur l'homme qui gît au sol. Je le pousse du pied pour me rendre compte qu'il ne s'agit plus que d'un corps sans vie. La réalité vient doucement me taquiner et je m'enfuis à toutes jambes, de peur que les faits ne retombent sur moi. Dans un mouvement rapide, je retrouve le chemin de mon appartement.

2 Rencontre avec Marie

De retour chez moi, au quatrième étage d'un bel immeuble, je lance un air de jazz sur le tourne-disque et me laisse tomber sur mon canapé. L'appartement qui autrefois appartenait à mes parents est plus luxueux que la plupart des autres logements, mais mon père était un homme aisé qui aimait les belles choses. Nous étions relativement proches, lui et moi, jusqu'à ce que la guerre ne me l'arrache. Sa fortune m'est revenue grâce à son testament. J'ai commencé à refaire la décoration, dans un style Art déco plus à la mode.

Je commence à me détendre doucement, mais le contrecoup fait surface et je sanglote malgré moi, avant de totalement me mettre à pleurer. Je ne sais pas ce qu'il me passe par la tête, c'est à se demander si je suis normale parfois. Je ne pense qu'à rentrer chez moi et mettre de la musique alors que j'aurais dû aller porter plainte après cette agression. Cependant, je n'arrive toujours pas à comprendre ce qu'il s'est passé, et maintenant le soleil brille de nouveau.

Des coups frappés à ma porte me surprennent et je me redresse d'un bond dans mon canapé. Je n'attends aucun invité. Je suis toujours sur mes gardes lorsque quelqu'un débarque chez moi à l'improviste, car malgré mon assurance, je reste une femme seule, et on ne sait jamais ce qui peut arriver. Je me dirige donc vers l'entrée pour vérifier l'identité de mon visiteur à travers le judas. C'est une femme que je ne connais pas. Elle porte une paire de lunettes de soleil assortie à un foulard entrelacé dans ses cheveux clairs.

— Qui êtes-vous ? dis-je au travers de la porte toujours close.

— Je m'appelle Marie. Je voudrais vous parler, annonce-t-elle.

— Que voulez-vous ?

— Voudriez-vous me laisser entrer que je puisse vous expliquer ?

— Non, je préfère que vous m'expliquiez d'abord pourquoi vous voulez me voir. Êtes-vous seule ?

— Je suis seule, oui. Laissez-moi entrer, Sophie, ou je forcerai le passage ! Je n'aime pas être à découvert.

Mais qu'est-ce que cette femme me raconte ? Je n'y comprends rien. De plus, elle commence à m'inquiéter, comment est-elle au courant de mon prénom ou encore de mon adresse ?

— Avez-vous des ennuis ? demandé-je étonnée.

— Plus ou moins, marmonne-t-elle. Je peux entrer ?

— Je ne sais pas. Je n'ai pas vraiment envie que vous les ameniez chez moi. Je n'en ai pas besoin, vous savez.

— Bon, je rentre ! dit-elle avec une détermination qui ne laisse aucun choix possible.

Je recule en surveillant toujours l'huis, la femme ne semble pas bouger, plus aucun son ne filtre à travers l'entrée toujours close, et pourtant, la serrure grince devant moi. La poignée tourne sous mes yeux impressionnés et effrayés, puis la porte finit par s'ouvrir toute seule pour dévoiler la fameuse Marie qui m'adresse un large sourire avant de passer devant moi pour s'engouffrer dans mon appartement avant de refermer l'entrée avec précaution.

— Comment… comment avez-vous fait cela ?

— Comment avez-vous déclenché un orage ?

Un hoquet de stupeur m'échappe.

Dans tes rêves profonds

— Je vous demande pardon ?

Marie m'adresse un sourire en coin tout en faisant le tour du salon, puis s'installe sur le canapé comme l'aurait fait une amie de longue date. Pour ma part, je m'interroge.

— Marie, voulez-vous m'expliquer ce que vous attendez de moi ?

— Bien sûr. Prenons le temps. Je pense que tu ne comptais pas ressortir après la mort que tu as provoquée cet après-midi, n'est-ce pas ? D'autant que tu l'as laissé le long du trottoir avant de t'enfuir.

Oh, mon Dieu ! Cette inconnue m'a surprise laissant cet homme pour mort. Et si elle n'était pas la seule, combien de personnes ont pu être témoins de ce phénomène que je ne m'explique toujours pas ?

— Vous m'avez vue ?

— Je te surveille depuis peu, m'apprend-elle. Oui, j'ai vu ce que tu as fait à cet homme. Bon, entendons-nous, je ne le regrette pas, il avait visiblement l'intention de te faire du mal, à sa façon d'agir, ce n'était sans doute pas son coup d'essai, simplement tu aurais pu appeler une ambulance, ou bien le cacher. Passons, je ne suis pas ici pour cet idiot.

— Pourquoi me suivez-vous ?

— Nous allons passer, as-tu entendu ?

Je n'en ai pas envie, mais après ce que je viens de la voir faire, je ne veux pas la mettre en colère, qui sait de quoi elle est capable…

— Bien, dis-je, résignée.

— Comme tu l'as vu, je suis une sorcière. Et toi, tu n'es pas en reste. J'ai ressenti il y a un petit moment un flux magique qui commençait à s'éveiller, et cela m'a menée jusqu'à toi, Sophie. Les sorcières ressentent la magie des belisamas, vous vous faites rares. Imagine, une seule d'entre vous naît toutes les quatre ou cinq générations ! Voire plus parfois.

Mais qu'est-ce que cette femme raconte ? Il est vrai que j'ai laissé mon agresseur mourir sans agir, mais pour ce qui est du reste, je n'y suis pour rien.

— Sophie ? Tu ne dis rien.

— Que veux-tu que je dise ?

Au diable le vouvoiement, mais elle ne s'en offusque pas.

— Je ne sais pas. Tu devrais te poser des questions, non ?

— En effet, approuvé-je. Je me demande si tu as bu ?

Elle se met à rire fort avant de se tenir le ventre.

— Non, pas du tout, mais si tu veux m'offrir à boire, je ne dis pas non, rit-elle.

Elle ne s'embête pas celle-là ! Vas-y, fais comme chez toi surtout, je peste intérieurement.

— D'accord, abdiqué-je, agacée.

Je m'en vais dans la cuisine avant de revenir avec deux tasses remplies d'un café fumant. Je ne sais pas si ça lui ira, mais elle devra faire avec. Je devrais tout faire pour essayer de la mettre à la porte de chez moi, mais malgré mes craintes, ma curiosité prend le dessus et j'ai envie de savoir où toute cette histoire va nous mener. Attention, je ne dis pas que je vais donner ma confiance à cette femme, non, mais j'ai hâte de connaître les détails sur le don que je semble posséder selon ses dires. S'il existe bien sûr.

3 Quelques jours plus tard

Depuis l'intrusion de Marie dans ma vie, je suis peu sortie de chez moi, trop occupée à passer en revue l'histoire des Belisamas. Elle est longue et complexe, en plus d'être très secrète. Trop peu de personnes vivantes peuvent se vanter d'en avoir connu. Ces femmes, qui n'existeraient que dans ma famille depuis la nuit des temps, se révèlent être plus une légende qu'un fait réel, car outre le flux magique que je possède, aucun pouvoir ne se manifeste chez moi. En tout cas, pas volontairement.

Parfois, le matin, depuis que Marie est arrivée et s'est installée comme si de rien n'était chez moi, je me réveille avec une sensation étrange et un mot qui flotte dans mon esprit sans cesse.

ALMEDA.

Cela sonne en moi comme une caresse, un mot doux que l'on me souffle avec douceur. Je suis bien incapable de savoir ce qu'il veut dire, sûrement vient-il d'une langue étrangère, et ce matin, pour la première fois, je décide d'en parler avec la sorcière.

— Sais-tu ce que veut dire « almeda » ?

— Absolument pas. Où l'as-tu entendu ?

Ses sourcils se froncent, alors que je prends quelques secondes pour lui répondre.

— Nulle part, répliqué-je. Ce mot tourne dans ma tête à chacun de mes réveils depuis que tu t'es imposée chez moi.

— Vraiment ?

Je laisse cette question sans réponse. Évidemment que oui. Je ne sais pas pourquoi, mais Marie a le don de m'agacer en un rien de temps. Mon instinct me hurle qu'elle me cache quelque chose.

— Rêves-tu ? s'enquiert-elle.

— Comment ça ? Oui, comme tout le monde, je crois.

La sorcière lève les yeux au ciel en soupirant d'agacement devant mon manque d'éloquence.

— Non, je veux dire, rêves-tu de l'avenir ? Y a-t-il un songe qui revient continuellement ?

— Non, je ne pense pas.

— Je vais y remédier.

Elle est vraiment sérieuse ? Mon instinct me pousse à la confiance, mais...

— Comment ? demandé-je.

Elle me fait peur tout à coup. Que veut-elle me faire exactement ? Car je n'oublie pas ce qu'elle est et encore moins la façon dont elle a pu me menacer en entrant sans permission dans mon domicile.

— Je vais te préparer quelque chose à boire, m'explique-t-elle. Tu l'avaleras avant chaque coucher. Si cela fonctionne, tu devras faire des rêves, souvent les mêmes, mais ils devront te montrer l'avenir. Mais surtout, n'en parle à personne !

Marie me jette un regard moqueur tout en laissant échapper un léger ricanement.

— À qui veux-tu que j'en parle ? lui réponds-je d'un air blasé.

— Eh bien, comme je viens de te le dire, personne serait une bonne option !

Je préfère éviter le sujet et tente de repousser l'instant où je devrai en prendre pleinement conscience.

— Pourquoi est-ce que tu es seule, Marie ?

— Je ne suis pas seule.

— Bien sûr que si ! Ne me raconte pas d'histoire.

Dans tes rêves profonds

— Nous restons généralement entre sorciers et sorcières, consent-elle à m'apprendre. Nous ne fréquentons pas les humains pour des raisons simples et évidentes. Et parfois, les choses se compliquent. Comme pour moi.

— Que s'est-il passé ? la questionné-je, curieuse.

— Je fréquentais un homme. Charmant, envoûtant, il était plutôt riche. Il m'a séduite rapidement et était tout à fait délicieux au début, et puis il a commencé à avoir la main lourde de magie contre moi. Je sais me défendre, je fais partie d'une famille très puissante en termes de pouvoirs, mais il était difficile de résister à ses assauts, même pour moi.

Marie semble se perdre dans ses souvenirs un instant, quelques secondes tout au plus.

— J'ai fini par me tourner vers de vieux grimoires interdits, jusqu'à les apprendre par cœur pour me défendre. Je suis devenue encore plus puissante, mais j'utilise une magie vieille et interdite depuis des générations.

La magie noire, pensé-je en me crispant à cette énonciation.

— Es-tu mauvaise ?

Mon interlocutrice semble chercher ses mots.

— Hum, je ne crois pas, finit-elle par me rétorquer. Je ne vais pas te mentir, j'utilise la magie noire. C'est une magie riche et complexe que plus personne n'utilise, et il faudrait être fou aujourd'hui pour vouloir me vaincre, mais je ne te veux aucun mal, Sophie. Je ne suis pas ton ennemie. J'ai souvent rêvé de toi, je dois t'aider, c'est mon but. Alors, lorsque ton flux s'est enfin activé, j'ai sauté sur l'occasion pour te retrouver. Tu n'as pas à t'inquiéter de moi, je ne ferai que t'apporter mon aide.

Dans tes rêves profonds

Marie me fait un peu peur. Et, bien qu'elle me répète inlassablement ne rien vouloir de moi à part m'apporter son aide, quelque chose chez elle me terrorise. Et c'est avec un moral au plus bas que je vais me coucher ce soir-là, la peur au ventre en avalant sa mixture infecte.

Dans tes rêves profonds
4 Almeda

Je m'endors rapidement, et curieusement, avec une impression de légèreté.

Mon rêve m'emporte loin d'ici, j'ai l'impression de voler. Une scène se déroule devant mes yeux depuis les cieux. *Une jeune femme monte un cheval avec élégance. Ses cheveux bruns volent au vent sous un casque noir, sa silhouette élancée accompagne les mouvements de la bête. Le sourire plaqué sur son visage montre parfaitement l'amour qu'elle porte à l'animal. Pourtant, la bête a l'air difficile, la demoiselle la dompte avec une facilité déconcertante. Elle finit par en descendre et, après lui avoir prodigué quelques soins, s'en va vers une petite maison attenante au pré. Lorsqu'elle en ressort, quelques minutes plus tard, elle a revêtu un pantalon de couleur bleu très moulant et un pull qui mettent sa silhouette en valeur. Ses cheveux châtains tombent en cascade dans son dos. Elle monte à bord d'une petite voiture, qui me laisse penser qu'il s'agit d'une époque bien loin de la mienne. Le véhicule est bien différent des modèles que je connais. Il s'agit là d'un futur que je ne connaîtrai jamais. Mon corps, ou en tout cas, ma conscience flotte à la suite du véhicule, après quelques longues minutes où aucune sensation d'air n'est venue me caresser, je me retrouve sous terre où la jeune femme abandonne sa voiture. Elle remonte en quatrième vitesse à la surface et retrouve deux autres jeunes femmes qui l'embrassent chaleureusement. L'homme se trouvant avec la plus discrète des deux lui lance une œillade mauvaise. Mon corps se crispe. Quelque chose en cet homme ne me dit rien qui vaille.*

— *Almeda… Tu es encore en retard aujourd'hui.*

À peine, ma vilaine.

Dans tes rêves profonds

Un voile se forme devant mes yeux et je finis par ne plus rien voir. Le songe est terminé et je suis frustrée de ne pas en découvrir davantage. J'ouvre les yeux brusquement alors que la nausée me surprend. J'ai à peine le temps d'arriver aux toilettes, que je vide le contenu de mon estomac. Un réveil tout en douceur…

C'est après de longues heures à tourner dans mon lit au milieu de cette nuit, que j'arrive enfin à retrouver le sommeil qui m'avait quittée en revenant à moi.

Au petit matin, je suis presque agressée par Marie qui ne s'offusque pas de ma mauvaise humeur et me demande si sa mixture a fonctionné. Lorsque je lui apprends que c'est bien le cas, elle fait voler mon bol de café dans la pièce, qui se déverse sur le sol.

Adieu mon petit déjeuner !

—Pardonne-moi, l'émotion d'avoir réussi me fait faire des bêtises, ajoute-t-elle simplement.

À peine levée, elle me tape déjà sur les nerfs. Mais au fond de moi, réside un bonheur simple. Je sais enfin ce que veut dire Almeda. Ce n'est pas un simple mot, c'est un prénom, et cela change tout pour moi. J'ai maintenant envie d'en découvrir plus sur cette jeune femme qui, j'en suis maintenant sûre, va changer ma vie.

Je sais qu'elle n'est pas née, que je ne la rencontrerai jamais, mais j'ai envie, non, j'ai besoin de tout connaître d'elle. Elle est, j'en suis persuadée, la clé de ma nouvelle vie.

Je tente de raconter ce que j'ai vu à Marie, et sa bonne humeur finit par me contaminer totalement pendant que je nettoie les restes de mon déjeuner disparu. J'ai besoin d'en apprendre davantage sur mon futur rôle, mais ma nouvelle amie ne m'est d'aucune aide, car elle m'a déjà raconté tout ce qu'elle savait à ce sujet. Autant dire trop peu pour m'aider vraiment.

La journée s'écoule lentement et je finis par supplier Marie de me redonner encore de cette affreuse décoction au goût amer. J'ai de nouveau l'impression d'avaler un thé dont la recette aurait mal tourné.

Mes rêves m'emmènent dans un monde fantastique de modernité. Dommage que je ne puisse jamais vivre à cette époque qui me donne tant envie. Nuit après nuit, je me lance corps et âme dans cette aventure onirique. Je rencontre des personnages hauts en couleur et d'autres que j'aime détester. J'en connais maintenant suffisamment pour savoir comment ma vie va évoluer. En effet, je suis quasiment certaine que ma seule mission dans ce monde est de tout prévoir pour aider ma descendante à gagner tous ses combats. Et je compte bien entraîner mon amie la sorcière avec moi.

A suivre...

Premiers chapitres offerts

Belisama - Almeda

Dans tes rêves profonds
Prologue

Almeda a 21 ans, elle vit en région Centre dans le département d'Eure-et-Loir. Ses études de sciences sont bientôt terminées et elle travaille aujourd'hui dans une entreprise, non loin de chez elle, pendant les vacances d'été.

Sa vie est calme et classique. Elle va en cours la semaine, et sort le week-end, souvent, à Paris, rejoindre ses amies, faire la fête.

Jusqu'au jour où une rencontre particulière changera sa vie. Almeda est-elle si banale que cela ? Pourrait-elle choisir entre sa raison ou la passion ?

Dans tes rêves profonds

1. Simple vie

J'habite une petite maison que ma mère a mise à ma disposition afin d'être tranquille, avoir un « chez-moi ». C'est avec l'argent de l'assurance vie de mon pauvre père, que notre mère a décidé de nous aider, mon frère Louis âgé de dix-sept ans et moi, ne gardant pas grand-chose pour elle.

Je suis l'heureuse propriétaire d'une jument nommée Ulina au caractère indomptable. C'est ma mère qui me l'a offerte, il y a maintenant quatre ans. Elle n'avait alors que quelques mois. Je ne suis pas très populaire et n'ai pas beaucoup d'amis, mais ceux que j'ai me suffisent.

D'ailleurs, je dois les rejoindre. Je ferme la maison à clé, je passe donner une caresse à Ulina qui se trouve dans le pré en face de ma maison, monte dans ma nouvelle voiture, et pars pour une heure trente de trajet, direction Paris.

Il y a beaucoup de vent sur la route, je me concentre pour ne pas être déviée par les poids lourds qui circulent encore. Le ciel se couvre dangereusement, et la pluie commence même à tomber de plus en plus fort. Je continue à rouler à vitesse bien plus réduite, les camions finissent, quant à eux, par se mettre sur la droite.

Je me dis que ce temps est tout de même bizarre. Nous sommes en juin, il faisait au moins vingt et un degrés quand je suis partie il y a à peine vingt minutes, la température a nettement chuté. J'ai comme l'impression qu'une tempête se prépare.
Je suis vite sortie de mes pensées, écrasant la pédale de frein, en hurlant à un inconnu, qui vient de me passer devant, à toute allure, manquant de percuter mon capot.

Elodie Belfanti-G

Dans tes rêves profonds

– Espèce de crétin, t'as eu ton permis dans une pochette surprise ?! Une voiture toute neuve en plus ! Je m'époumone.

Heureusement, je suis bientôt arrivée. Encore un bon quart d'heure et je me retrouverai assise à notre table habituelle avec les filles.

Vingt minutes plus tard, sous l'eau et la tempête qui gronde un peu plus, j'arrive sur la place Saint-Michel, le Quartier latin par excellence. Il s'agit d'un endroit très apprécié par les jeunes, et les amoureux du savoir-faire. Il y a toujours beaucoup de personnes, les étudiants du monde y viennent pour les écoles d'art. Je tourne encore un moment dans le parking souterrain, avant de trouver une place. Ouf, enfin à destination et vivante. Je sors du parking et arrive directement sur la place, l'un des principaux points de rendez-vous des Parisiens.

En général, énormément de monde se retrouve à la fontaine de Francisque Duret. Une magnifique fontaine encadrée par deux énormes dragons cracheurs d'eau. Mais aujourd'hui, il n'y a presque personne, le sale temps n'aidant pas.

Derrière, on aperçoit la cathédrale ''Notre-Dame''. Un lieu très touristique, tout le monde connaît plus ou moins ce bâtiment mythique. À ma droite se trouve un bout de la Seine, mais pour ma part, je prends à gauche et entre dans les petites rues commerçantes. On y trouve beaucoup de magasins de souvenirs, de restaurants et de boutiques en tous genres.

J'arrive au pub où l'on se retrouve avec les copines, c'est un peu notre QG. Ce chouette petit endroit se trouve en plein milieu du quartier. Il n'est pas très grand, mais il y a de l'ambiance ici.

Dans tes rêves profonds

Ce soir, quand j'arrive, je vois au loin Max le gros balaise de vigile, il est toujours au même endroit, à filtrer qui entre ou non.

Bien sûr, grande habituée des lieux, j'entre très vite.

La déco a encore changé, aujourd'hui, tout est rose fluo. Cela tape pas mal à l'œil. Le plafond est recouvert de draps pétants, des cordes passent dans tous les sens toujours dans cette teinte, le plus flagrant c'est l'éclairage. Les projecteurs lancent des nuances de rose allant du fluo au pâle.

Encore ce soir, il y a une grosse ambiance. Musique forte, les serveuses, debout sur le bar, servent les clients en dansant. Aujourd'hui, elles ont toutes du maquillage rose fluo et distribuent à tout le monde des bracelets de toutes les couleurs. Grosse soirée en vue.

J'entre un peu plus et vois Mélanie arriver à grands pas dans ma direction. Elle devait m'attendre de pied ferme.

Celle-ci est habillée d'un jeans blanc, ou rose fluo selon les jeux de lumière, et d'un petit haut marron qui lui va très bien. Ses cheveux bruns sont attachés en une queue de cheval haute qui laisse mieux voir ses beaux yeux verts.

— Mais où étais-tu passée ? Cela fait une demi-heure que je t'attends ! Dit-elle d'un ton outré.

— J'étais bloquée sur la route, il faut dire que le temps est super bizarre. Tu n'es pas avec Cyrielle ?

— Non, je tiens la chandelle, elle est avec Matthieu.

— Ah, je vois. Allons-y.

En effet, Cyrielle est en grande conversation avec son petit ami.

Dans tes rêves profonds

– Elle a revêtu ses habits du dimanche, tu as vu ! Dit-elle moqueuse.

– Arrête, ne sois pas aussi méchante, Mélanie, lui dis-je en lui jetant un clin d'œil.

Mélanie avait eu le privilège que je lui donne un petit surnom, juste entre nous, « la vilaine », car elle a pour habitude de critiquer tout le monde et pour autant que je m'en souvienne, elle a toujours été ainsi, très franche, honnête, c'est une fille plutôt directe.

Cyrielle, quant à elle, n'a même pas remarqué que je suis arrivée. Il faut que j'aille lui tapoter l'épaule à deux reprises pour qu'elle me voie enfin.

– Ah, Almeda, tu es encore en retard ?! Constate-t-elle.

– Oui, un peu, le temps s'est dégradé, je n'ai pas roulé comme je voulais. Mais je suis là.

– Oui, c'est le principal, tu as demandé un verre ? Assieds-toi là.

Je m'exécute avant de saluer son petit ami. Celui-ci me fixe, sans répondre, à croire que je dérange. Je regarde Cyrielle en me disant que ce n'est pas du tout quelqu'un pour elle. Elle est jolie, fine, porte une très jolie robe noire classique. Elle était sûre de faire son petit effet. Ses cheveux sont bouclés et retombent dans son dos nu. Pour ce qui est de son "prince charmant", il est carré, mais surtout habillé n'importe comment ! D'ailleurs, je me demande pourquoi on l'a laissé entrer ici dans une tenue pareille. Un vieux jogging gris pourri, que je ne porterais même pas pour faire du sport, et tee-shirt, qu'il aurait pu prendre à un SDF, avec une belle tache de gras sur un côté.

Dans tes rêves profonds

Même au niveau des caractères, ces deux-là ne se ressemblent pas. Elle est timide, mais toujours juste et droite. Lui est loin d'être quelqu'un de réservé, et niveau politesse, il faut croire que ce n'est tout simplement pas sa priorité.

Mélanie s'étale sur la banquette à côté de moi, me faisant sortir de mes pensées, certes un peu méchantes, mais tellement réalistes.

Je commande mon verre de jus de fruits pressés et commence à le siroter, en écoutant les bavardages de mes deux amies, jusqu'au moment où mon regard tombe sur un jeune homme.

Celui-ci ne doit pas être beaucoup plus âgé que moi, il me tape dans l'œil. Il est séduisant, plutôt grand, une chevelure blonde un peu ébouriffée et des yeux magnifiquement bleus. Il porte un jeans noir, ainsi qu'une chemise blanche qui change de coloris avec les projecteurs. Une veste de costard sur l'épaule.

Le rouge commence à me monter aux joues. Je reste là, à l'observer depuis notre table, écoutant à peine les conversations de mes deux amies, puis je remarque que Matthieu me fixe toujours. Je me sens réellement gênée. Je n'aime pas ce type qui a le don de me mettre mal à l'aise. Il est plus que désagréable.

— Tu veux ma photo ? dit hargneuse.

— Quoi ? Non, ça va aller ! Ce n'est pas comme si tu étais un canon comme fille me répond-t-il.

À ce moment précis, son haleine forte, voire écœurante vient se loger dans mes narines. Un haut-le-cœur me prend par surprise.

— Pourquoi tu l'agresses tout à coup ? me demande Cyrielle avec une petite pointe de colère.

Dans tes rêves profonds

– Quoi ? Trop fort, c'est moi qui l'agresse. Je te signale, Cyrielle, que ton copain n'arrête pas de me fixer ! C'est super désagréable.

Mon amie ne répond rien, en revanche, elle me lance un regard noir que je ne lui connaissais pas.

Mélanie me regarde avec un haussement d'épaules qui en dit long. Vers une heure du matin, je décide qu'il est temps pour moi de partir. Vu l'ambiance de la soirée, ce n'est pas bien grave. Et puis, je le vois, ce beau garçon aux yeux bleus. Je regarde Mélanie, puis je l'observe à nouveau, il a l'air de s'en aller.

– Tu ne veux pas aller manger un truc ? J'ai trop faim.

Mélanie a raison, cela ne me fera pas de mal, et mon estomac réclame depuis un moment.

– Avec plaisir, ma vilaine ! dis-je.

– Tu veux manger quoi ? Un sandwich ?

– Oui, pourquoi pas, ça changera des pizzas !

Nous allons à grands pas chercher à manger de l'autre côté de la rue, quand finalement nous voyons avec grand regret, "FERMÉ".

– Et zut ! On va chez moi ? me dit Mélanie.

– Oui, ce sera mieux, on sera au chaud comme ça, juste le temps d'aller chercher ma voiture.

– Et merde ! J'ai laissé ma vitre ouverte !

– On se rejoint chez toi, Mél, à tout de suite.

J'avais un petit sourire en pensant à sa vitre ouverte, comme d'habitude, Mélanie ne fait pas attention à ses affaires. Elle néglige beaucoup de choses, et je crois que cela devient de pire en pire.

Elodie Belfanti-G

2. Maudite machine

D'un pas rempli d'allégresse, je bifurque vers l'escalier. Il donne accès au parking où est garée ma voiture. En le dévalant, je souris intérieurement en repensant à mon amie. Quelle écervelée ! Comme il va être difficile de corriger un tel défaut, il est ancré depuis si longtemps... Cependant, il fait tout son charme. Peut-être juste espérer que la situation ne s'aggrave pas plus en rencontrant un tourtereau aussi étourdi qu'elle.

Arrivée en bas de la cage d'escalier, une odeur aigre et malodorante me prend à la gorge. Cela me rappelle les toilettes turques de la ville, une odeur âcre d'urine de chat associée avec celle d'une remontée d'égout... Instinctivement, je plaque le col de ma veste sur mon nez, espérant que les essences de vanille et de framboise fassent écran à cette nausée olfactive. Le plus pénible dans cette histoire, c'est qu'il va falloir affronter cet endroit pestilentiel le temps de payer mon ticket de parking en lâchant mon col parfumé... Courage, prendre une grande inspiration et go...

Contourner une flaque de « liquide non identifié », arriver devant ladite machine, chercher le ticket dans mon sac... Mince, où est ce satané bout de papier cartonné ? Toujours en apnée, la zone rouge commençant à clignoter dans mon corps, je m'énerve un peu plus et renverse une partie de mon sac sur le sol rempli d'immondices.

– Ah ! Je suis maudite ! m'exclamé-je tout en réprimant une envie de vomir, les relents nauséabonds revenant à l'attaque.

Dans tes rêves profonds

Puis, je repars en mode apnée : fourrer le tout dans le sac en évitant les mégots écrasés et les déchets de confiseries, puis me rappeler que le «Graal» se trouve dans la petite poche externe, l'enfourner avidement dans la machine, prier Dieu et ses saints pour que cette fabuleuse technologie se « bouge le popotin », ma zone rouge clignote… clignote… clignote… je craque…

– Pitié, dites-moi que je rêve ! Saleté de machine !

En mode panique du paiement de parking, je remplis à fond mes poumons d'air et bloque à nouveau ma respiration.

Ouvrir le porte-monnaie, se rendre compte que l'on n'a plus de monnaie parce qu'on a tout donné à un pauvre hère qui faisait pitié au vestiaire de la boîte, insérer sa carte bleue, se la faire refuser, car ce service est en panne, trouver un billet de 10 €, l'enfourner dans la fente, le voir ressortir, changer de sens, la zone rouge clignote… voir le billet de nouveau ressortir, le défroisser, le rechanger de sens… et craquer :

– Maudite machine! Tu vas passer un sale quart d'heure ! hurlé-je tout en lui donnant de violents coups de pied et en m'explosant le gros orteil qui n'a pas eu raison de sa carlingue.

Courage, il ne me reste plus qu'à continuer de criser intérieurement, le front en nage et les nerfs à vif. Se rendre compte qu'un vieil homme effrayé par mon comportement est en train de remonter, en catimini, les marches de l'escalier. Devenir aussi rouge qu'une pivoine et pousser un soupir de désespoir. Quand… Oh, miracle, cette vile, infâme, abjecte bestiole en métal accepte mon billet. Après avoir récupéré mon ticket de sortie,

Dans tes rêves profonds

j'attends… toujours en apnée, ma monnaie. La zone rouge explose :

– Nom de Dieu, tu vas me refiler ma monnaie ! juré-je, tout en lui assénant coups de sac à main.

Ayant perdu tout espoir de retrouver une once de dignité, j'achève un de mes talons sur cette boîte de conserve.

Gling, gling, glinggggggggg

Enfin, la monnaie apparaît. À la hâte, je la mets dans la poche de ma veste, ramasse mon talon et me précipite, sans un regard en arrière, vers la porte donnant accès au parking. Le battant se referme et un souffle d'air saturé d'un mélange de gasoil et de pneus brûlés m'irrite la gorge. Il fait très sombre, car les néons sont soit en panne, soit en fin de vie. Seuls les panneaux lumineux de sortie de secours colorent en vert l'espace ambiant. Je cherche à lire les numéros de parking au-dessus des cases, malheureusement, ils sont tout en aussi mauvais état que le reste. J'en déchiffre un : 603.

– Oh non ! Il ne manquait plus que ça ! pesté-je.

Ma voix me revient en écho, avec une sensation de vide qui oppresse ma poitrine. Je suis garée au n° 688, c'est-à-dire à l'autre bout, et il va falloir que je le traverse pratiquement dans le noir. Il ne manquerait plus que je me casse la figure et le tableau sera complet ! Évidemment, si j'avais été un peu plus réfléchie, j'aurais pris le temps de reprendre l'escalier par lequel j'entre et sors d'habitude de ce parking. Résignée, j'avance en claudiquant, mon talon à la main et mon sac de l'autre. Puis, je bifurque afin de couper au travers. Au centre, le peu de lumière est assombri par les piliers soutenant la structure. Je passe, glisse, me faufile entre les voitures : 615… 629… 633… 647… 655…

Dans tes rêves profonds

FFFFFFFFFFFFFFFFFFFFFFFFFFFFFFFFFFFFFFFF

Dans un bond, je sursaute et fais demi-tour pour voir la chose qui vient de me frôler l'oreille.

Rien. Juste le grésillement d'un néon qui clignote d'une lumière laiteuse.

– Zut ! Voilà, maintenant que je « psychote », dis-je à voix haute en essayant vainement de me rassurer.

J'accélère le pas en me retournant de temps à autre. Une ombre surgit de derrière un poteau. Mon cœur fait un bond et je me plaque contre un des piliers. L'ombre ne bouge pas. J'avance. L'ombre reste figée. Je contourne sans bruit une voiture et trace une ligne droite en traversant à toute berzingue le couloir entre deux zones de parking.

FFFFFFFFFFFFFFFFFFFFFFFFFFFFFFFFFFFFFFFF

Tétanisée, je m'accroupis entre deux véhicules. Comme je n'entends plus rien, je me relève doucement. Rien. Me raisonnant, je décide qu'il est temps de devenir une « grande fille » et de stopper au vol mon imagination galopante en reprenant le cours de ma marche... 676...684...

Je soupire en arrivant presque à destination. Enfin ! Cette beauté fatale : une Mini noire et ivoire à l'intérieur confortable, embaumant d'exotiques senteurs de noix de coco... J'accélère et repère ma terre d'asile, posant sur son capot mon sac afin d'y prendre les clés. Par chance, je suis garée face à un des néons vacillants du couloir. Plus je farfouille, plus je m'énerve, car aucun de mes gestes n'est réfléchi.

CLAC!

– Oh, non ! Pas le néon !

FFFFFFFFFFFFFFFFFFFFFFFFFFFFFFFFFFFFFFFF
FFF

–Argh ! hurlé-je en envoyant valser mon sac en l'air.

Planquée contre la portière , j'entends les grésillements du néon reprendre du service et sa lumière blafarde illuminer les ténèbres. Je me relève.

– Argh !

Face à un petit pigeon marron qui trône sur mon capot, je porte la main à mon cœur, soulagée.

– Mon Dieu, mais que fais-tu là ? Tu sais que tu m'as fait une peur bleue, soupiré-je tout en avançant la main afin de l'attraper.

Mais à peine ai-je posé ma main dessus, qu'il s'envole en direction du néon.

CLAC !

– Oh ! Mais qu'est-ce que j'ai fait pour mériter une soirée pareille !

L'écho de ma voix me revient avec celle d'une autre :

– Peut-être celui de ne pas m'avoir laissé vos coordonnées… dit une voix suave dans l'obscurité.

Terrorisée, clouée sur place, je sens un souffle soulever mes cheveux. Une décharge électrique explose dans mon corps, hérissant chacun de mes poils. Un bruit de grattement résonne devant moi. Ce bruit me fait l'effet d'un coup de poing dans le ventre, me figeant encore plus de frayeur. Mon cœur fait des ratés, ma dernière heure est arrivée. Soudain, une lumière orangée éclaire un visage. Devant la flamme d'un briquet, je reconnais celui de l'inconnu du pub.

– Navré si je vous ai effrayée, mademoiselle, Léo Santoré pour vous servir, annonce-t-il aussi doucement que la brise d'un soir d'été s'inclinant devant moi, une main sur sa poitrine.

Elodie Belfanti-G

Dans tes rêves profonds

Encore sous le choc, je ne peux même plus articuler un mot. La flamme continue de danser dans ses yeux. Fascinée, j'entre dans un état semi-hypnotique.

— J'ai trouvé vos clés à côté du pauvre appareil que vous avez presque fini d'achever, poursuit-il en joignant le geste à la parole en me les tendant.

Alors, dans une crise de panique, incrédule et honteuse devant cette révélation, je les lui prends des mains. Puis, sans demander mon reste, je rentre à l'intérieur de ma Mini.

Le bel homme tape au carreau. J'ouvre un peu la vitre, histoire d'entendre ce qu'il a à me dire.

— Vous n'auriez pas 1€ ? Je n'ai pas assez de monnaie pour le parking.

— Si, bien sûr. Mais vous n'avez pas de carte de crédit ?

— Si, mais comme par hasard, je l'ai oubliée chez moi.

— D'accord. De toute façon, je crois que cette fichue machine ne fonctionne pas.

Je cherche vite fait dans la poche de ma veste et lui donne l'euro demandé.

— Voilà. Autre chose ?

— Non, cela ira, madame. Qui dois-je remercier ?

— Almeda, et c'est mademoiselle. Merci pour les clés.

Je démarre et m'enfuis à toute vitesse manquant de le renverser et écrasant mon sac par la même occasion. Rouge de honte, je m'arrête et ramasse mon sac avant de filer dans l'allée.

J'arrive enfin chez Mélanie, je me gare dans la rue, juste en face de sa porte. Je sors, ferme la voiture à clé, envoie un texto rapide à mon amie, la porte claque et je m'engouffre à vive allure dans son immeuble.

— Tu t'es perdue ou quoi ?

Dans tes rêves profonds

– Un peu, j'ai pris une mauvaise route. Tu veux que je t'aide à faire à manger ?

– Non, salade lardons chèvre, ça t'ira ?

– Super ! J'ai trop faim.

Après avoir mangé, en évitant de faire du bruit, sous peine de se faire virer par son père, Mélanie est allée directement se coucher. Moi, comme toujours, je me vautre sur le canapé, et m'endors comme une masse.

Je me réveille avec une drôle d'impression, il est cinq heures du matin, le jour se lève tout doucement, et les lumières de la ville sont toujours allumées. Un bel oiseau est perché sur le rebord de la fenêtre du salon, mais ce n'est pas un spécimen que l'on a pour habitude de voir ici, c'est loin d'être un pigeon. Il est beau, on dirait comme une petite buse que l'on trouve près de chez moi. Comme de tout petits aigles. Ses yeux sont perçants, ils brillent à la lumière de la lune. J'attrape mon mobile pour le prendre en photo, mais trop tard.

En y repensant, il avait des yeux très clairs qui brillaient très fort. Sûrement la fatigue qui me joue des tours.

– Eh la belle aux bois dormants ! Debout !

– Quoi ? Il est quelle heure ?

– Onze heures, ma grosse feignasse, bien dormi ?

– Oui et toi ? Tu n'as pas été réveillée vers 5 heures ? demande-je encore endormie.

– Ben non, moi je dormais, pourquoi ? Tu as entendu quelque chose ?

– Non, je ne sais pas. J'ai dû rêver dis-je évasive.

– OK, bon on fait quoi aujourd'hui ? Les magasins ?

– Parfait !

Après avoir avalé un petit déjeuner, avec un jus de fruits à la Mélanie, direction le métro pour aller jusqu'à la

Dans tes rêves profonds

Défense au « centre commercial des 4 temps ». Nous traversons deux ou trois rues pour arriver au métro. Il n'y a pas beaucoup de monde sur le quai, ce qui nous permet de discuter tranquillement. La rame arrive au loin et diminue sa vitesse. Quelques personnes descendent, et nous montons à bord.

Il n'y a plus de place assise, alors nous restons debout vers le fond. Une femme est assise près de moi, elle a une odeur d'urine de chat sur elle, à en vomir. Je mets ma tête dans mes cheveux pour sentir la cannelle de mon shampoing le plus possible. Histoire de masquer l'odeur. Quelques changements de lignes plus tard, nous voici au centre commercial. Et en route pour le lèche-vitrine !

Je me promène avec une amie, je fais les magasins par une belle journée d'été. Que rêver de mieux ?
En me disant cela, je repense au beau blond. Comment déjà ? Léo, je crois. Ah quelle belle pensée !
– Tu m'écoutes là, Almeda ?
– Comment ?

– Tu ne m'écoutes pas ! J'en étais sûre, tu es vachement distraite depuis hier. Je disais que je ne serais pas là vendredi qui vient, donc soit tu viens à Paris et tu restes avec miss parfaite et son copain pourri, soit tu restes chez toi.

–Oh… je pense que je ne vais pas venir dans ce cas. Je n'aime pas beaucoup ce Matthieu. Pour une fois qu'elle sort avec quelqu'un, il faut que ce soit avec un crétin fini. Elle mérite mieux. Si ça se trouve, c'est un dégénéré.

–Oui, peut-être, enfin, c'est sûrement son genre. Et puis moi, je suis vache, mais je ne l'aime pas tout court !
–Sans blague Mél… ?

Dans tes rêves profonds

Nous passons la journée à parler tout en regardant les vitrines. Mais la virée shopping touchant à sa fin, il fallait penser à rentrer. Donc j'embrasse mon amie et repars.

La route est bien meilleure aujourd'hui et je peux m'autoriser à rouler plus vite.

Arrivée à la maison, je m'installe et me mets devant la télévision pour regarder une débilité qui y passe.

Dans tes rêves profonds

3. Mystérieuse voiture

Une semaine s'est écoulée sans que je ne m'en rende compte. Le temps passe vite tout de même. Ça y est, je suis en week-end, mais je ne vais pas voir les filles aujourd'hui, puisque Mélanie n'est pas là, et je n'ai aucune envie de tomber sur Matthieu, Cyrielle est plus qu'adorable, mais là pour moi, c'est totalement impossible.
Je décide d'aller chercher une pizza au food-truck, et de passer la soirée devant un bon film.

Samedi matin, après une bonne grasse matinée, je décide de partir en balade avec Ulina. Quel plaisir de monter une jument aussi fougueuse ! Mais comme je l'ai négligée cette semaine, elle ne s'est pas fait prier pour me faire voltiger une fois ou deux, histoire de me rappeler combien elle déteste que je la délaisse.

Presque arrivée à la maison, le vent se remet à souffler violemment, Ulina commence à s'énerver, elle déteste le vent. Il ne nous reste plus qu'une centaine de mètres à parcourir, on enclenche un bon galop, le genre de galopade qui donne des larmes aux yeux, tellement la course est rapide. Avec le vent, on pleure à coup sûr. Nous rentrons en un seul morceau.

Arrivée au pré, je décide de la mettre directement au box. Elle y va même au petit trot, quelle impatiente ! Je passe encore un moment auprès d'elle pour la bouchonner. L'orage éclate. Je laisse ma jument à l'abri, occupée à manger son foin. Pour ma part, je peine à rentrer jusqu'à la maison. Le vent souffle d'une force colossale et les éclairs me font presque peur. Je traverse deux hectares de pré, quand tout à coup, un violent

Dans tes rêves profonds

craquement résonne, la terre se met à trembler avec un bruit sourd. Le saule pleureur vient s'écraser juste devant moi. Super... il ne manquait plus que cela ! Des tas de branches cassées volent au vent, tandis que le bel arbre gît au sol dans toute sa longueur, me laissant tremblante.

La peur me vient, je sens l'angoisse m'envahir à mesure que j'avance. Je n'ai plus que la rue à enjamber quand j'aperçois... une grosse berline allemande. Mais qu'est-ce qu'une voiture pareille vient faire dans cette cambrousse ?! Maintenant, je suis intriguée, la peur a totalement disparu pour laisser place à ma curiosité.

Le super bolide s'arrête près de moi, la vitre teintée arrière descend, je ne vois pas le visage de la personne, mais une enveloppe m'est tendue, je la prends, la vitre se ferme et le véhicule disparaît sous l'orage qui grogne un peu plus.

Je rentre vite évitant les grosses flaques d'eau.
Arrivée à la maison, enfin, je jette l'enveloppe sur le bar et file prendre une douche bien chaude.

Le week-end est terminé et je retourne à la fac, heureusement le temps s'est stabilisé, j'arrive dans l'amphi où se déroule mon cours, entre et me glisse derrière une table libre. J'écoute à peine le cours de Mlle Arcolt nous parlant de travaux à faire. Je suis distraite, pensant au courrier que je n'ai pas ouvert. À cette enveloppe, à cette mystérieuse voiture de luxe qui n'avait sûrement rien à faire dans un tel décor.
Je finis tard ce soir, donc en rentrant, je vais directement à la salle de bain.
Emmitouflée dans mon peignoir, j'observe l'enveloppe, et un détail auquel je n'avais pas prêté attention me vient.
Sur l'enveloppe est écrit, à la main, *Almeda.*

Dans tes rêves profonds

L'encre est d'un très beau bleu, un peu pâle. Une écriture fine et minutieuse. J'hésite un bon moment avant de l'ouvrir, et si elle était piégée ?

Après tout, je ne sais même pas de qui elle vient. En pensant à cela, je retourne l'enveloppe suspecte pour regarder s'il n'y a pas le nom de l'expéditeur au dos de celle-ci.

Rien... Évidemment, ce n'est pas La Poste qui l'a apportée jusqu'ici, alors pourquoi mettre son nom ? Encore moins une adresse.

J'appelle Mélanie pour savoir ce qu'elle ferait à ma place. Bip, bip, bip, bip...

— Oui ?

— Mélou ?

— Oui que veux-tu Almeda ?!

— Ça ne va pas ? demande-je.

— Non, écoute, je ne suis pas vraiment pas disponible là, j'ai quelques problèmes avec le propriétaire de mon père, on se recontacte, bye.

Et elle raccroche net. Je pense automatiquement à Cyrielle, et puis non, on ne sait jamais, depuis qu'elle est avec ce mec, elle n'est plus la même, en plus il a des oreilles partout ce gars-là. Bouuu, j'en frissonne.

En gros, si je comprends bien, je suis seule avec cette chose.

Une heure plus tard, après m'être occupée par tous les moyens pour éviter d'avoir à ouvrir cette enveloppe, je réalise que je n'ai plus rien à faire. J'espère juste qu'elle n'est pas piégée, et si elle explosait ? Si une poudre toxique en sortait ? Je prends mon courage à deux mains, arrête de psychoter pour rien et l'ouvre enfin. J'en sors un petit carton couleur crème. Dessus y est inscrit :

Dans tes rêves profonds

Almeda,

Je vous prie de bien vouloir accepter cette invitation au bal que je donne. Vous recevrez un colis de ma part dans la semaine.

Rendez-vous : Au manoir de Chartres, Celui qui borde Le Loir.

Ce vendredi à 19h30. LS.

Je remets le joli carton dans son enveloppe, et réfléchis où se trouve ce manoir, je connais pourtant bien Chartres, mais ne me rappelle pas avoir vu ce genre de demeures là-bas. Oh, puis, je ne vois pas pourquoi je me casse la tête à trouver cela, il est bien sûr impensable que j'aille à ce « bal ». D'autant que je ne sais même pas qui m'invite. LS, je réfléchis à qui cela peut être, sans trouver de réponse. Et qui organise encore des bals à notre époque ?

Je jette l'enveloppe avec son invitation inconnue dans un coin et vais me coucher.

Je dors très mal cette nuit-là. Sûrement à cause de toutes les bizarreries qui m'arrivent depuis quelques jours. Le temps s'est encore dégradé. Il pleut averse. Le ciel est d'un noir d'encre, il semble menaçant, ce qui ne me rassure pas.

J'aperçois le véhicule allemand garé au loin. De peur, je rentre immédiatement dans la maison. Si ça se trouve, ils veulent me kidnapper pour une rançon.

Après quelques minutes qui me paraissent éternellement longues, je monte à l'étage voir si elle est toujours au bout de la rue. Plus rien. Dehors, par contre, la pluie tombe de plus en plus fort.

Soulagée de ne plus voir le gros véhicule, je descends tranquillement, attrape les affaires que j'avais jetées par réflexe, ouvre la porte d'entrée et pousse un hurlement de terreur. La berline est maintenant garée devant mon portail. J'ai peur. Je panique.

La vitre arrière se baisse, une enveloppe m'est tendue.

Mon angoisse augmente un peu plus. Je prends ce qui m'est tendu et recule comme si quelque chose allait m'exploser à la figure. Une voix d'homme s'élève du véhicule.

— N'ayez pas peur, mademoiselle. Voici un colis pour vous de la part de monsieur mon maître.

Je recule encore un peu, et me retrouve collée contre le mur. La portière s'ouvre, l'homme pose le colis au sol. Je ne vois pas son visage, mais celui-ci a l'air plutôt fin. Il porte une casquette de chauffeur. Il repart vers celle-ci, la portière et la vitre se ferment, le véhicule démarre et repart. Je me demande si je ne deviens pas folle.

Je reprends mes esprits, je me retrouve assise le long du mur. Je ne sais combien de temps je suis restée là, telle une potiche contre la maison. Je suis dégoulinante, mes cheveux ne ressemblent certainement plus à rien, je regarde ma montre...

— Et merde ! Je suis en retard !

Je prends ce colis, je le pose à l'arrière de ma voiture et saute dedans, démarre, direction la fac, et vite, si je ne veux pas me faire tuer par madame Gourge, la surveillante. Sur le trajet vers la fac, je me souviens de ne pas avoir fermé la maison à clé. Et si quelqu'un en profitait pour entrer ? Quelle bêtise j'ai faite ?! Ce n'était pas une question, je sais que je devrais retourner la fermer. Tant pis, pas le temps. Je croise les doigts pour qu'il n'arrive rien. La pluie, quant à elle, se calme rapidement.

Elodie Belfanti-G

Dans tes rêves profonds

Arrivée là-bas, une chance de voir que la surveillante n'est pas dans son bureau, et que je vais pour une fois échapper à ses gros yeux noirs mécontents. J'en profite pour mettre ma veste à sécher près du gros radiateur.

La journée se finit sans encombre. Je m'apprête à monter dans la voiture quand je repense au fameux colis qui est toujours là.

Personne ne peut m'obliger à l'ouvrir ce machin...

Arrivée à la maison, il faut bien avouer que ma curiosité prend le dessus. Mais je me souviens vite que la maison n'est pas fermée à clé et ouvre tout doucement la porte, comme si je m'attendais à voir quelqu'un ou bien à voir mon domicile complètement saccagé. Rien. Tout paraît normal. La tension redescend un peu. Alors je pose toutes mes affaires et le colis, allume un feu, je prends l'enveloppe et l'ouvre. Je découvre un premier carton.

On ne triche pas ! Ouvrez d'abord le colis.

- Pfff, je n'ai même pas le droit de faire ce que je veux ! Je rêve.

J'ouvre le carton, un deuxième carton d'invitation identique au premier reçu hier.

– Comme si je n'avais pas compris.

Je le jette directement au feu. J'ouvre le carton, puis le deuxième emballage.

–Bah ça va je ne vais pas le casser ton truc à la noix.

Une robe absolument somptueuse. Noire et argentée. Une merveille. J'en reste bouche bée, oubliant presque le troisième carton encore dans l'enveloppe. Je le prends, et y vois toujours la même écriture bleu pâle et fine.

Elodie Belfanti-G

Dans tes rêves profonds
J'aimerais vous voir la porter. Amicalement, LS.

Même si je n'y vais pas, qu'elle est magnifique ! Je cours à la salle de bain pour la présenter sur mon mannequin. C'est un buste de couturier que ma mère m'a offert il y a longtemps. Je l'installe dessus et en la regardant je rougis presque.

On dirait une vraie robe de princesse. Celle-ci est sans bretelles, ce qui la rend encore plus belle. Je commence par l'arrière , c'est un corsage tout en lacets, les rubans sont argentés, fins, et semblent fragiles. Dans le bas du dos, un gros nœud noir avec deux longs rubans de tissu. Dessus, il y a de petits diamants, sont-ils véritables ? Non, je ne le pense pas.

Le même nœud tombe à l'avant, au niveau du bassin, sur le côté gauche. Le reste est très large, bouffant, et retombe au sol sur un mètre tout autour. De-ci, de-là, on voit de très beaux reflets argentés. C'est de la haute couture, à n'en pas douter.
Les robes de mariées ne valent pas celle-ci. Certes, la couleur est noire, mais c'est une merveille sans nom.

Une paire de gants noirs et fins l'accompagne. Ils sont totalement en accord avec , car au niveau du poignet, un fin trait argenté les entoure.

Au fond de la boîte, j'en trouve une autre, plus petite, tout en longueur. Je l'ouvre, et y découvre un collier de diamants. Et deux petites boucles d'oreilles identiques au collier. Elles sont longues et scintillantes.
Incrédule, j'appelle Cyrielle et Mélanie. Je leur parle de cette robe qui vient d'arriver, sans parler des cartes d'invitation. Mélanie se moque de moi, riant et surtout ne croyant pas un mot de ce que je lui raconte. Cyrielle propose de passer vendredi en fin d'après-midi, pour

Elodie Belfanti-G

Dans tes rêves profonds

vérifier cela de ses propres yeux, ne voulant pas me juger trop vite. Mélanie me souffle une petite phrase avant de raccrocher.

Achète-la vite, mais ne vide pas tout ton compte en banque pour nous impressionner, se fou-t-elle de moi.

A suivre...

Dans tes rêves profonds

Premiers chapitres offerts

L'enfant de Kepler

Dans tes rêves profonds

1

Je prépare la salle avec grand soin, il est 20h30 et mes amis ne tarderont pas à arriver. Il fait déjà nuit en cette soirée d'hiver et je me précipite dehors pour vérifier que rien ne trahira notre présence trop rapidement, tout en m'emmitouflant dans mon manteau noir à capuche. *La vache, ça caille.*

Il est vingt et une heures quand tout le monde finit d'entrer dans la petite salle des fêtes où nous allons « piéger » Martin, mon meilleur ami. Piéger est sans doute un bien grand mot, on est d'accord. Je suis tellement excitée que je ne tiens plus en place. La salle se trouve à quelques rues de la caserne des pompiers où travaille mon père. Comme cela, il pourra faire quelques aller-retour pour « surveiller », même s'il prétend que c'est pour passer du temps avec moi. Les parents de Martin ont insisté pour ne pas être là pour la première partie. Ils ne veulent pas s'imposer et être relou (selon le terme, prononcé en mimant des guillemets une semaine plus tôt) devant leur fils déjà adulte. Tout en sachant que mon père tiendrait parfaitement ce rôle.

Avec ce dernier, nous sommes très proches et complices. N'ayant pas eu de mère, j'ai porté tout mon amour sur lui et il en fait autant avec moi. Alors même si j'ai un peu râlé pour qu'il ne vienne pas gâcher la fête (juste par principe, bien sûr), je suis heureuse de pouvoir passer ce moment à ses côtés.

Je me faufile rapidement vers l'entrée de la salle, où je m'installe pour filmer l'arrivée de Martin, accompagné par sa sœur. Je ne sais plus quel prétexte bidon elle a trouvé pour le faire venir, mais ça m'arrange bien. Un bruit sourd retentit au moment où Martin entre dans la salle escorté par Megan. J'en laisse tomber ma caméra au sol et me retrouve propulsée loin de l'entrée par une déflagration impressionnante. *Putain, c'est quoi cette merde ?* Je me retourne avec beaucoup de mal et dans la douleur. Mes oreilles sifflent fort et bientôt mon corps entier me fait souffrir. Tout n'est que poussière et hurlements. J'entends au loin d'autres sons d'explosion. Ma vue se stabilise doucement quand j'aperçois des corps au sol, du sang, trop de sang.

La foule panique, pour ce qu'il en reste, et court dans tous les sens essayant d'échapper au danger. En voyant tout le monde courir, je comprends que je dois tout faire pour me réfugier. Trouver un endroit sûr. Retrouver Martin et me cacher sont mes priorités.

Ce moment qui devait être heureux est devenu en un instant une scène macabre me faisant flipper comme jamais. Je me relève en gémissant de douleur. Je me traîne et retrouve Martin penché sur sa sœur. La pauvre Megan ne bouge plus et j'aperçois avec difficulté, mais quand même, un objet métallique qui lui sort du ventre. *Oh mon dieu.* J'attrape doucement le bras ensanglanté de mon ami et le tire pour nous enfuir. Un homme hurle, non de douleur, mais de rage. La panique me submerge et un bras puissant m'attrape. Je hurle de surprise autant que de panique. La personne me retient fermement, m'obligeant à lâcher mon ami. Je me débats, mais la personne est bien plus forte que moi. L'inconnu m'éloigne vers la cuisine, tout en plaquant une main ferme sur ma bouche. Je ne peux voir que son avant-bras tatoué d'une gueule, babine retroussée montrant les crocs. *Pas forcément rassurant.* Il m'ordonne de me cacher et de ne pas bouger. J'ai juste le temps de voir son corps se retourner. C'est un homme brun, boitant légèrement, qui retourne sur nos pas. Sa voix chaude résonne encore dans ma tête quand il tente de refermer la porte. Un instant plus tard, j'entends de nouveaux hurlements de peur, de douleur, des mouvements de panique, un enfant qui pleure en appelant sa mère. Je plaque les paumes de mes mains sur mes oreilles pour tenter de ne plus entendre l'horreur qui se passe de l'autre côté de ces portes. Les larmes coulent de mes yeux sans que je ne puisse les retenir de glisser sur mes joues en feu. *Faites que tout s'arrête !*

À nouveau une explosion et de la fumée partout, même jusque dans cette petite pièce, elle s'engouffre sous la porte et me fait tousser. *Quand ce cauchemar va-t-il finir ?* Je regarde partout autour de moi. La seule issue est de revenir vers le chaos. Impossible de retourner par là, c'est au-delà de mes forces, mon corps tout entier tremble rien que d'y penser. Et l'homme qui m'a amenée ici m'a intimé de ne pas sortir de la cuisine. Les portes ont plus ou moins tenu le coup, quoiqu'elles paraissent maintenant coincées. La lumière qui était jusqu'ici vacillante, clignotante, s'éteint, nous plongeant tous dans un noir abyssal. Une personne pousse sur les portes en rageant. Puis une seconde fois. Elle tient le coup.

–Défonce cette putain de porte et retrouve-moi la fille, si tu ne veux pas faire partie des corps au sol !
Aucune réponse ne vient, mais les coups sur l'entrée de la cuisine redoublent d'intensité. Je cours vers le fond de la coquerie en laissant mes mains plaquées sur le semblant de mur. Je vire toutes les assiettes et autre vaisselle se trouvant dans un meuble et rentre tant bien que mal dedans avant de refermer la porte sur moi. L'entrée de la pièce finit par céder et les hommes entrent. L'un grogne de mécontentement, l'autre ne dit rien.
–T'es sûr que tu l'as vue entrer là-dedans ?
Mon Dieu que sa voix me fait peur, elle est dure et sans pitié.
–Je crois, oui.

Dans tes rêves profonds

–Putain, tu crois ou t'es sûr ?!

–Je suis sûr ! L'un des siens l'a rentrée là-dedans, c'est sûr. Maintenant où elle est, tout de suite, j'en sais rien. En plus, on ne voit que dalle.

–Alors, elle est où cette garce ? Crache-t-il.

–Je n'en sais rien.

–Retrouve-la ou bute-la ! Gronde-t-il.

Les pas se rapprochent de moi et mon cœur fait des ratés, mon corps me fait souffrir et ma respiration se fait laborieuse, en plus, je suis trop serrée dans le placard. L'un d'eux tripote quelque chose dans un bruit de cliquetis. Puis l'objet est lancé au sol et roule vers moi avec un son métallique contre le carrelage. Nouvelle explosion. Je me retrouve écrasée dans le meuble déjà trop petit, la douleur m'arrache un hurlement que je ne peux retenir. Tout devient flou. J'entends un bruit de bagarre, mais ce doit être autre chose. Je perds connaissance au moment où l'un d'eux se met à hurler. Cela dure un moment, ou peut-être quelques secondes. Quand je rouvre les yeux, quelqu'un tente de me libérer de mon cercueil en métal. Une voix douce tente de m'apaiser, mais je n'y comprends rien. Un sifflement permanent m'agresse les oreilles. Je tente de regarder mes jambes que je ne sens plus et retombe immédiatement dans un inconscient moins douloureux, au moment où je me rappelle qu'il fait totalement noir.

Dans tes rêves profonds

2

Je me réveille au son d'un bip incessant. *Que quelqu'un arrête cette chose...* Mes yeux sont collés et je lutte pour les ouvrir. Une fois ma vue stabilisée, quoiqu'un peu floue, je détaille la petite chambre d'hôpital où je me trouve. La lumière m'aveugle et j'ai bien du mal à comprendre ce qu'il m'arrive. Quelques machines se trouvent près de moi. Les appareils sont reliés à ma poitrine et mes doigts. J'ai soif. Après un instant, peut-être plus longtemps, j'aperçois dans un fauteuil roulant, Martin qui regarde la petite télévision bien qu'aucun son n'en sorte. Les souvenirs me reviennent doucement et je donnerais cher pour ne pas me les rappeler. *Martin... Il est en vie ! Megan... et tous les autres ?* Je n'ose ni bouger ni parler, j'ai la gorge sèche et mon corps se rappelle à moi douloureusement. Je tente de rester muette et de ne pas bouger le temps de retrouver mes esprits, mais un gémissement m'échappe. Martin se retourne précipitamment, nos regards se croisent.

–Enfin tu te réveilles...

–Hum

–Ça va ? demande-t-il.

–J'ai mal. Partout.

J'articule mal et mets du temps à sortir mes trois malheureux mots.

–Je sais. Je vais appeler les médecins, ne bouge pas, ma belle.

Je le laisse appuyer sur le bouton d'appel. Un homme arrive rapidement dans la petite pièce blanche.

–Bonjour, mademoiselle. Je suis l'infirmier Roger. Je vais vous examiner, comment allez-vous ? Me demande-t-il d'un air enjoué.

–J'ai mal partout.

–Oui, ce n'est pas étonnant étant donné ce que vous avez subi. On va regarder tout cela. Dit-il avec un sourire sincère.

Après un moment à laisser faire le spécialiste, il me dit que tout est sous contrôle. Repos obligatoire. J'apprends que je ne vais pas sortir de cet hôpital avant un moment. *Quelle poisse !*

–Jeune homme, je compte sur vous pour la ménager un minimum. Pas de stress inutile. Et pour vous, ma collègue viendra refaire votre pansement et vous redonner un antidouleur. Après cela, si vous le souhaitez, vous pourrez rentrer chez vous.

–Je vais m'occuper de mon amie, docteur. Je reste avec elle, merci.

–Comme vous voudrez. Autant ne pas la laisser seule de toute façon.

–Je vous souhaite une bonne journée. Bon courage à vous et n'hésitez pas à rappeler si besoin.
L'infirmier sort et je vois bien que mon ami évite mon regard autant que possible.

–Martin ?

–Oui, Kate ? Répond-t-il en fuyant du regard.

–Raconte-moi.

–Sûrement pas maintenant.

–Je veux savoir. Insiste-je.

–Écoute, Kate, tu as entendu comme moi. Il faut te reposer.

–Quel jour on est ?

–Dimanche.

–Alors, c'était hier. Me souviens-je.

–Non. Il y a quinze jours.

–Deux semaines ?! Je… j'ai dormi tout ce temps ? Demande-je horrifiée.

–Ouais, je savais bien que tu étais une feignasse de première.

Son sourire me refauche le cœur et l'esprit. Je me sens soulagée d'un coup à le voir me provoquer comme avant ce désastre. J'arrive même à en rire. Malheureusement, même glousser m'est insupportable. Cela fait souffrir les côtes, les abdos et jusque dans le dos. *Quelle merde !*

–Ça a quand même dû être violent pour me coucher aussi longtemps.

–Oui, évidemment, je n'vais pas te mentir.

Rien qu'au ton qu'il emploie, je laisse tomber pour aujourd'hui. Il lâchera bien à un moment.

–Tu peux appeler mon père pour lui dire que je suis réveillée, s'il te plaît, j'ai plus de téléphone.

Martin rougit, puis fait tout pour ne plus me regarder. *Y'a quelque chose qui cloche...*

–Martin ? T'es avec moi ?

–Oui, oui. Je vais appeler. Je reviens.

–OK...

Il aurait aussi bien pu appeler d'ici, mais bon. Je ne sais pas encore ce qu'il a subi comme choc donc je préfère ne pas en rajouter. J'attends longtemps avant de le voir réapparaître, accompagné d'un docteur et de Damien, le collègue de mon père.

–Tiens, bonjour, Damien. Papa arrive bientôt ? Tu l'as déposé ?

–Bonjour, Kate. Comment vas-tu ? Dit-il d'une voix fatiguée.

–Ça va. J'ai mal partout, mais ce n'est rien, ça ira vite mieux, j'en suis sûre. Et puis, une fois à la maison, j'aurais un pompier de premier choix pour me chouchouter, ricané-je tout en souffrant.

–Bien, très bien.

Il se gratte la nuque et se trouve mal à l'aise, moi aussi, je commence à l'être.

–Je peux savoir ce qu'il se passe ?

–Écoute, Kate, ton père ne viendra pas, chérie.

–Il est en intervention ?

Je sens la panique monter en moi. Elle s'installe dans tout mon être et me submerge.

–Non, il... il est décédé il y a quatre jours. Je suis vraiment désolé. Nous avons tout fait pour le maintenir en vie pendant plus d'une semaine, mais il n'a pas survécu à l'accident. Dit-il avec peine.

Le temps s'arrête. Plus rien ne compte. Damien me parle, je n'écoute plus, pas plus que les autres voix qui se bousculent pour me réconforter, je crois. Ma mère est morte lorsque j'étais bébé, je n'ai jamais eu ni frère ni sœur et, aujourd'hui, je perds le seul parent que j'avais. Ils finissent par me laisser seule avec mon chagrin.

Ce dernier mut doucement, mais sûrement en une fureur sourde et vicieuse. Elle ravage tout sur son passage. J'en deviens folle, passant mes journées à hurler ma peine, à tout détruire sur mon passage. J'en viens même à tenter l'irréparable un soir. Martin est arrivé juste à temps pour que je ne finisse pas dans une boite six pieds sous terre...

Elodie Belfanti-G

Dans tes rêves profonds
3 Quatre ans plus tard.

Il fait froid dans la petite chambre que je partage avec Noémie. J'ai bien du mal à bouger d'où je suis. Emmitouflée dans mes draps, je sens moins la température glacée me lécher la peau. Noémie se lève et me pousse au passage. *Cette fille a vraiment un problème.* Remarque, tout le monde ici a un grain.

Je m'extirpe de mon lit, grimaçante, et enfile une grosse paire de chaussettes. Je m'habille rapidement. Il commence déjà à y avoir du bruit dans les couloirs. J'ai fini de me préparer, j'entre dans le couloir où déjà trois garçons se tapent sur la tronche à coup de poing. Je pousse la porte du réfectoire et, comme chaque jour depuis que l'on m'a jetée ici, je rejoins un coin de table libre, seule avec mon plateau. Manger à côté de mon hystérique de voisine de chambre me serait insupportable. Je suis bien mieux seule. *Très bientôt, je pourrai me barrer d'ici.*

Je ne supporte pas cet endroit où je n'ai pas ma place. Dans cet « institut » ... Après quatre ans à pourrir ici, j'ai vite appris qu'il s'agissait en fait d'une maison de repos pour jeunes, qui ressemble plus à une maison de redressement si vous voulez mon avis. Je me suis enfermée dans le mutisme après la mort de mon père. On m'a prise pour folle et j'ai ensuite pris la mauvaise habitude de m'emporter lorsque l'on me pressait de raconter mon histoire. L'homme qui m'a sauvée ayant disparu comme il était apparu, on me prenait pour une menteuse. *Comme la vie est injuste !* Heureusement, Martin vient très régulièrement me voir, grâce à mon comportement exemplaire. Tu m'étonnes, déjà que je n'ai rien à me reprocher, je ne vais pas en plus m'enfoncer.

Dix heures. Martin arrive bientôt et je vais enfin pouvoir m'évader d'ici. Partir loin, commencer une vraie vie, être libre et en profiter.

- Eridan Katherine. C'est l'heure !

Alléluia ! Mon heure est arrivée. Je suis mon geôlier sans broncher, trop impatiente de pouvoir sortir d'ici et partir sans me retourner. J'arrive enfin près d'un bureau où l'on me demande de signer des papiers. On me remet mon portefeuille et l'on me dit de partir. On ne me le répètera pas deux fois. Je pousse la grande porte et me retrouve sur le trottoir. J'ai l'impression de sortir de prison. C'est un sentiment étrange. J'aperçois Martin de l'autre côté et m'empresse de traverser pour le rejoindre.

—Enfin libre, ma belle. Heureuse ? Me dit-il avec un sourire lumineux.

—Et comment ! Tu n'imagines pas à quel point je le suis.

Il me lance un sourire ravageur en même temps que mon chapeau panama rouge et m'invite à le suivre. J'entre dans sa voiture, m'enfonce dans le fauteuil, attache ma ceinture et me laisse conduire vers une destination inconnue. Tout ce qui compte aujourd'hui, ne jamais remettre un pied ici. *Jamais.*

Après quelques kilomètres, nous sortons du tumulte de la ville, traversons quelques villages pour enfin nous garer devant un immeuble bas de quatre étages surplombant les champs.

—Je t'en prie, entre. Nous allons au quatrième. Dernier étage. M'annonce mon ami.

Je monte les quatre étages, pousse la porte et me retrouve directement dans un grand salon. Tout de suite, la chaleur de la pièce et l'ambiance cocon m'envahissent. Je ne connais pas l'appartement, mais je m'y sens déjà comme chez moi. Les murs sont tout blancs et la décoration plutôt épurée donne un charme à cet endroit. Droit devant moi se trouvent des baies vitrées laissant passer un maximum de lumière donnant une vue imprenable sur les champs. Un grand canapé casse la grandeur de la pièce et, face à lui, se trouvent un écran plat et une table basse. Une belle et grande bibliothèque est placée contre le mur juste à ma droite. Martin a fait le bon choix, je suis vraiment chez moi.

–Tout est là, tu sais.

–Comment ça ? Dis-je sans comprendre.

–Eh ben, toutes tes fringues et Dieu sait qu'il y en a... J'ai tout mis dans ton armoire. Tu n'auras qu'à ranger à ta sauce, mais c'est là. J'ai rapporté quelques photos de chez ton père et les meubles de ton ancienne chambre. Je me suis dit que tu n'étais peut-être pas encore prête à aller chez lui les chercher toi-même. Les clés sont ici si jamais tu veux y aller.

–Comment j'aurais fait sans toi ?

–Tu aurais tenu bon ! Tu l'as toujours fait.

–Merci pour tout, Martin. Lui dis-je reconnaissante.

–C'est normal. Les meilleurs amis s'entraident.

–Tu as fait bien plus que m'aider et tu le sais très bien.

–Ouais. J'ai pris ma journée pour toi au fait. Ma mère va sûrement passer te voir.

–Elle est si gentille avec moi.

–Tu sais, jusqu'au bout elle s'est battue pour te faire sortir de là-bas, mais...

–Ce n'est rien. C'est fini. Lui assure-je.

–Ouais, tu veux manger quelque part ? Tu dois en avoir marre de leur bouffe.

–Tu sais de quoi j'ai envie ? D'un burger !

–Allez, viens. On va s'empiffrer comme avant. Dit-il rieur.

Il lâche un rire qui remue des souvenirs heureux que j'avais presque oubliés. Sa présence me fait tellement de bien et je finis par éclater de rire à mon tour.

Dans tes rêves profonds

Après une journée passée à l'extérieur et chez Myriam, la mère de Martin, je suis heureuse de trouver un vrai lit au chaud et cette sensation de sécurité que j'avais perdue depuis trop longtemps. Je m'emmitoufle dans les draps, hume la bonne odeur de lessive. Je trouve rapidement le sommeil malgré mon ventre trop plein de gâteaux offerts par Myriam.

Je me réveille au chant des oiseaux, rien que cela me met de bonne humeur. Je me lève, fais un état rapide de ma garde-robe et choisis une robe d'un gris bleuté. J'enfile une paire de collants et sors dans le salon. La lumière qui inonde la pièce finit de me réveiller totalement. J'attrape le mot laissé par Martin sur la table basse avant de me laisser tomber dans le canapé pour déchiffrer les pattes de mouches qu'il m'a laissées. *Quelle écriture de cochon il a celui-là.*

Katy, je rentrerai vers 18h du boulot, le frigo est plein. Si tu veux sortir, tu trouveras ton trousseau de clés à l'entrée sur le meuble. J'imagine que tu as été assez enfermée comme ça, alors bonne visite du quartier. Tu vas voir, c'est sympa. Envoie-moi un message si tu as besoin et si tu as un problème, appelle-moi. Si tu as besoin de quelque chose, tu peux aussi voir avec le voisin en dessous, il est cool. Attention à toi, ma Kate. Martin.

C'est tellement gentil de sa part, j'en suis émue. Après un super petit-déj' comme je n'en avais pas pris depuis longtemps, je me cherche une veste, une paire de bottines et fouille sans trouver de sac à main. Tant pis, je fourre mon portefeuille dans ma veste, attrape mon téléphone et les clés avant de m'élancer seule dans ce nouveau quartier. Après quinze minutes de marche, j'arrive au milieu des commerces, je flâne entre les boutiques, m'imprègne des lieux, observe les vitrines et, au bout de quelque heures, m'arrête à une terrasse. Je commande un soda et un muffin.

Elodie Belfanti-G

Dans tes rêves profonds

Avant l'attentat où j'ai perdu tout ce que j'avais, on se calait souvent en terrasse avec Martin, on observait les gens, souvent pressés, on se moquait, beaucoup trop aussi. On me sert ma commande et je commence à croquer dans mon petit gâteau, quand je m'aperçois qu'un homme me fixe trois tables plus loin. Il est habillé tout en noir et porte des lunettes de soleil trop foncées pour y voir ses yeux. Une écharpe lui couvre le bas du visage. Cinq minutes plus tard, je me sens mal à l'aise en constatant que l'homme n'a pas bougé et regarde toujours en ma direction, les tables autour de moi sont vides, j'ai donc peu de doutes sur le fait que c'est bien moi qu'il fixe ainsi, malgré ses lunettes noires. Je laisse l'argent sur la table, enfourne le restant de gâteau dans ma bouche, emporte ma bouteille en verre estampillée de la marque et m'en vais. Après un tour rapide par le parc fleuri, je décide que j'en ai assez vu pour aujourd'hui et commence à rentrer. Sur le retour, j'ai la drôle sensation d'être suivie, mais continue comme si de rien n'était. Après tout, je ne suis pas la seule à vivre ici. Être restée aussi longtemps enfermée a dû me rendre plus vigilante qu'avant. Une fois près de l'appartement, je me rends compte que l'homme à la terrasse est bien quelques mètres plus loin. J'accélère le mouvement, je cours presque, tout en essayant de ne pas attirer plus l'attention. Je pénètre dans l'immeuble, la porte n'a pas le temps de se refermer que l'homme entre à son tour. Je commence à paniquer et monte les étages quatre à quatre. Finalement, je décide de m'arrêter au troisième, comme Martin me l'a conseillé sur sa lettre. Je sonne à plusieurs reprises. *Merde, pas de réponse.* L'homme arrive à l'étage et s'arrête à ma hauteur.

–Je peux vous aider ?

Oh mon Dieu !

–Euh, non. En fait, je rentre chez moi.

Elodie Belfanti-G

–Je doute que vous soyez au bon étage.

Quelle voix ! Si elle ne me faisait pas si peur, je la trouverais sexy

–Pardon ? Dis-je sans comprendre.

–Vous vous trouvez devant chez moi.

–Ah, d'accord. Eh bien, euh… j'habite au-dessus.

Mais quelle godiche !

–Ah OK. Tu es la copine de Martin ?

–Son amie, oui.

–À bientôt alors, Kate. On se prendra sûrement un apéro tous les trois alors. Dit-il avec un demi sourire.

–Avec plaisir merci. Pardon, ton prénom c'est ?

–Nash.

–OK, à bientôt, Nash.

Une fois à la maison, je décide d'allumer la télé pour me sentir moins seule. Envoie un SMS à Martin.

Coucou, petit tour du quartier fait. J'ai rencontré Nash, le voisin. Je suis à la maison. À ce soir. XOXOX.

Une fois mon message envoyé, je décide de regarder ce que je pourrais faire pour le repas du soir. Je sais que cela fera plaisir à mon ami malgré mes talents de cuisine plus que discutables.

J'entends le trousseau de clés faire deux tours dans la serrure et patiente que Martin entre.

–Alors, cette première journée ? Demande-t-il.

–Bien. J'ai visité le quartier et me suis ridiculisée devant le voisin.

–Pourquoi ? Veut-il savoir tout en fronçant les sourcils.

Je lui raconte mon histoire farfelue autour d'un plat de lasagnes qui, pour une fois, n'est pas si raté que je l'aurais pensé. Martin ne se remet toujours pas de mon histoire et rigole de plus belle. *Crétin.* Un gros mal de crâne finit par arriver et je décide d'aller me coucher.

Elodie Belfanti-G

Dans tes rêves profonds

Martin me réveille, je me demande bien pourquoi, ce n'est pas son genre de venir pour rien.

    –Katy... Katherine. Insiste-t-il.

    –Martin, s'il te plaît, parle moins fort.

    –Je chuchote à peine.

    –Quoi ?

    –Je chuchote. Répète-t-il.

    –J'ai tellement mal à la tête. Ça résonne si fort. Il est quelle heure ?

    –Quinze heures.

    –T'es pas sérieux ? Demande-je surprise.

    –Si. Attends, je vais te chercher un cachet.

    –Merci.

    ...

    –Voilà. Rendors-toi. Je repasserai, ce n'est pas grave.

Je me réveille avec une forme olympique. J'oublie complètement ma nuit affreuse et m'aperçois que j'ai fait le tour du cadran... Deux fois. Une journée de perdue à dormir...

Aujourd'hui, c'est sûr, je dédie mon temps à Martin. Mon ami adore jouer au squash, j'enfile donc une tenue confortable qui pourra faire l'affaire.

    –Merci pour ton petit cadeau.

Martin a le sourire jusqu'aux oreilles. Et moi je regrette déjà. *Sans blague, qu'est-ce qui me prend de vouloir jouer à ce sport ? Moi qui déteste ça. « Martin, j'ai un cadeau pour toi, une partie de squash avec ta meilleure amie »... Quelle idée.*

    –Ne me remercie pas trop vite. Je ne serai sûrement pas une excellente adversaire. Dis-je.

    –C'est l'intention qui compte. Et puis, je ne compte pas te laisser gagner sur mon territoire de toute façon.

    –Ah, mais, je n'en attends pas moins de ta part.

    –Allez, viens te faire ratatiner, ah ah. Son rire résonne autours de moi.

Elodie Belfanti-G

Dans tes rêves profonds

Après quelques passes, dites "d'entraînement", je suis déjà à bout de souffle. Je transpire comme jamais et j'ai mal partout. Je commence à me rappeler que j'ai certains muscles oubliés.

–Mais non, Kate, ce n'est que l'échauffement.

–Oui, oui... J'ai bien compris. Réponds-je.

–Allez, bouge tes grosses fesses.

–Sois sympa, laisse-moi boire. J'en peux plus. Et évite de me traiter de grosse, tu veux.

–Bon, OK, pause. Mais parce que je ne veux pas te porter sur le retour, ri-t-il.

–T'es un monstre, je gronde.

–Je sais.

Il me lance un sourire démoniaque et je m'écroule en riant. Je prends de longues gorgées et essaie de gagner un peu de temps. Quand le jeu reprend, trop rapidement à mon goût, mon ami ne me ménage pas et me fait courir dans tous les sens. Une heure plus tard, je n'en peux vraiment plus et déclare forfait. Pour son plus grand plaisir.

La semaine a repris et Martin est retourné au boulot. Je décide de partir le matin pour aller chez mon père. Je n'ai pas revu cette maison depuis des années, mais j'ai besoin de m'y rendre. J'ai besoin de cela pour continuer. Je n'arrive pas à tourner cette page et je sens que cela me ronge à petit feu. Pas une journée ne passe sans que je ne pense au massacre que j'ai vu, au tatouage et au dos de mon sauveur brun ainsi qu'à l'annonce de Damien. Il faut que je puisse avancer dans la vie, sans avoir cette envie de revoir cet homme, sans passer mon temps à imaginer son tatouage et sans penser à mon père. Lui, je ne veux pas l'oublier bien sûr, mais j'ai besoin de passer à autre chose, de faire mon deuil, alors que je n'ai pas pu lui dire au revoir. Une fois prête, j'appelle un taxi et me laisse emmener chez celui qui m'a vue grandir, qui m'a aimée sans limites et dont j'ai été privée trop rapidement.

La maison n'a pas changé bien que personne ne vive plus dedans. J'entre à l'intérieur et un pincement au cœur fait son apparition au moment où je découvre les meubles couverts de draps. Je suis seule propriétaire de cette maison et je sais qu'à part mon père, personne n'avait les clés. Je soupçonne donc Martin et sa mère de s'être également occupés de cela. Sur le gros buffet non couvert, la poussière a pris une place importante. J'ouvre la fenêtre du salon et les volets. L'air fait voler les draps et la poussière. Les rayons de soleil entrent dans la pièce et je subis un moment de nostalgie intense. J'aurais voulu lui dire au revoir et qu'il me manquerais terriblement. Lui dire une fois encore que je l'aime, qu'il a était un père formidable. *Allez, prends ça dans la tronche, Kate.* En quatre ans, c'est seulement maintenant que j'en prends pleinement conscience. Je découvre son piano, puis tous les autres meubles. Les photos encadrées me rappellent des souvenirs, j'entends la musique de mon père jouée à travers l'instrument, l'odeur des gâteaux sortant du four le dimanche. Tout me submerge d'un coup. Je frissonne anormalement et fonds complètement en larmes. Je n'arrive plus à penser ni à être rationnelle. D'un coup, le sentiment d'être seule s'empare de moi à nouveau. Mon téléphone sonne à plusieurs reprises, mais je suis incapable de bouger. Je suis assise au milieu de la poussière dans la cuisine. Devant moi dans le placard à balais se trouve un gros cadeau, bien emballé avec un gros ruban rose. *Kate* est écrit en gros sur celui-ci. La fatigue m'emporte tant j'ai pleuré et je finis par m'endormir sur le sol.

Je grelotte de froid. Il fait nuit quand je me réveille. J'attrape mon portable sur la table et vois trente-trois appels manqués, dix messages vocaux et six SMS. Tous de Martin. *Il s'inquiète.* Je réponds. *Désolée, je vais bien (ou pas), suis chez mon père. Besoin d'être seule. Ne t'inquiète pas. Biz*

Je finis par me redresser, trouve une grosse lampe et me retrouve une nouvelle fois devant mon gros cadeau. Je décide de l'ouvrir. J'enlève doucement le gros nœud, enlève les morceaux de Scotch avec minutie et retire le papier. Les larmes me montent aux yeux une fois de plus. Un magnifique télescope se tient fièrement sur ses trois pieds. Je me souviens à quel point j'ai tanné mon père pour en avoir un. Je rêvais de voir les étoiles de plus près. Je profite du fait qu'il fasse encore nuit pour l'installer à la fenêtre. Je passe un temps fou à faire les réglages, ce qui me permet aussi de ne penser à rien d'autre et ce n'est que lorsque le soleil commence à se lever que je finis d'installer mon nouveau jouet. Il est d'une netteté sans faille. Je n'ose imaginer combien mon père a pu débourser pour un appareil de cette qualité. Le soleil étant déjà trop présent pour me permettre de voir quoi que ce soit d'intéressant, je décide de profiter du jour pour faire un tour complet de la maison. Je monte dans mon ancienne chambre, récupère quelques autres affaires que je fourre dans un grand sac. Une fois pris les bibelots, photos, sacs et autres cochonneries auxquels je tiens, je traverse le couloir pour m'introduire dans la chambre de mon père. J'y prends une photo de ma mère et lui. Une veste en cuir vieillie par le temps qu'il adorait et laisse le reste en place. Je remets les draps sur les meubles et appelle mon ami. La seconde sonnerie n'a pas le temps de retentir qu'il décroche déjà.

–Katherine ! hurle mon ami.

–Oui, Martin.

Dans tes rêves profonds

–Si tu disparais encore une fois comme ça, sans me laisser de nouvelles, je te préviens qu'ensuite je t'attache ! Je t'attache, c'est clair ?!
Un soupir d'amusement m'échappe.

–Oui, je sais, désolée. Tu as eu peur, dis-je désolée.

–Non, pas du tout. J'ai imaginé mille scénarios possibles, mais tout va bien.

–Je suis désolée. Je ne le referai plus. Tu peux venir me chercher ?

–Non, désolé, mais je suis déjà arrivé au boulot. Ne bouge pas, je t'envoie une voiture. TU NE BOUGES PAS ! gronde-t-il.

–Laisse, je vais appeler un taxi, c'est pas grave.

–Non, t'inquiète pas. Attends un peu et on viendra te prendre. Ne bouge pas, c'est compris. Maintenant que je sais que tu es bien vivante, je te laisse. On en reparlera ce soir, crois-moi.

–Bien, monsieur.
Je mime pour moi-même un pseudo salut militaire en ricanant.

–Ne bouge pas, compris ?!

Il me raccroche au nez sans même me laisser le temps de répondre. C'est sans doute de bonne guerre. Je referme la porte à clé, plus légère. Comme si mon deuil était enfin fait, avec l'impression d'avoir pu dire, en quelque sorte, au revoir à mon père. Je m'assois sur le montant d'une des fenêtres en attendant mon chauffeur. Sûrement Myriam, à n'en pas douter.
C'est une Aston Martin qui finit par se garer devant moi. La portière s'ouvre et je suis étonnée de voir notre voisin en sortir. Il me lance un sourire ravageur. Ses yeux pétillent et je sens mes jambes trembler légèrement. *Quelle bombe ce type ! Être aussi beau ne devrait pas être permis.*

–Alors, il paraît qu'on a besoin d'un taxi ?

Dans tes rêves profonds

–Martin ne m'avait pas dit qu'il ferait appel à vous, sinon je me serais débrouillée autrement, je suis gênée qu'il vous ait fait déplacer.

–Oh la, on va oublier les "vous" et passer directement aux "tu" si cela ne te dérange pas.

–Très bien. J'abandonne.

–Monte, je te ramène.

Une fois installée, Nash démarre son bolide et emprunte la route. Je suis hypnotisée par son regard, ses yeux verts me donnent envie de me noyer à l'intérieur. Il y a quelque chose chez ce mec d'irrésistible, je me sens attirée comme jamais auparavant. Non pas que j'ai eu des dizaines de soupirants, mais...

A suivre...

Dans tes rêves profonds

Dans tes rêves profonds

Dans tes rêves profonds